◆◆ 中国文学名家小小说精选丛书

三百六十五个妈妈

郭艳平　著

江西高校出版社
JIANGXI UNIVERSITIES AND COLLEGES PRESS

南　昌

图书在版编目（CIP）数据

三百六十五个妈妈 / 郭艳平著 . -- 南昌：江西高
校出版社，2025.6. -- (中国文学名家小小说精选丛书
). -- ISBN 978-7-5762-5590-4

Ⅰ . I247.82

中国国家版本馆 CIP 数据核字第 2024PN1568 号

责 任 编 辑　邵星星
装 帧 设 计　夏梓郡

出 版 发 行　江西高校出版社
社　　　　址　江西省南昌市新建区工业二路 508 号
邮 政 编 码　330100
总编室电话　0791-88504319
销 售 电 话　0791-88505090
网　　　　址　www. juacp. com
印　　　　刷　鸿鹄（唐山）印务有限公司
经　　　　销　全国新华书店
开　　　　本　650 mm×920 mm　1/16
印　　　　张　13
字　　　　数　160 千字
版　　　　次　2025 年 6 月第 1 版
印　　　　次　2025 年 6 月第 1 次印刷
书　　　　号　ISBN 978-7-5762-5590-4
定　　　　价　58.00 元

赣版权登字 -07-2024-966

序言：用细腻温婉的笔调书写世俗生活——闭月小小说印象

河北有一个良好的小小说写作氛围。多年来，产生了以蔡楠、高海涛等著名作家、编辑家为主的一拨儿热心组织者，尤其是组建"省小小说创作艺委会"以后，平时文学活动特别频繁。笔会、征文、评奖和办报刊，营造了交流研讨的创作氛围，几年下来，引领出人数众多的小小说读写队伍。大家铆着劲儿写，当然创作数量容易上去，质量也在不断提高了。

衡水的女作家闭月是很勤奋笔耕的一个。她 2007 年开始写小小说，短短的几年间，已在全国 200 多家报刊上发表作品，有百篇作品被选入年选本和多种精选本，创作数量颇丰，收获颇大。

女性之于生活的敏感视角，使得闭月在写作中更善于把握微妙的情感变化，捕捉稍纵即逝的心理律动。她善于在世俗的生活中观察各色人等，编织平凡故事来剖析人性。文字细腻、温婉，叙述从容，写亲情，写爱情，写友情，展示其中的温暖和美好，发现善良和大爱，给人以积极的有价值的生活思考。

《三百六十五个妈妈》是闲月写亲情小小说的代表作，曾获首届河北小小说优秀奖。在这篇作品中，闲月讲述了蕴含在陶土中的亲情大爱。爷爷到陶吧里寻找偷了他钱的孙子，却发现每天来陶吧捏泥人的孙子并不是单纯的玩，他捏的无数个泥人，只有一个人物，就是已经去世的妈妈：形态各异的妈妈，栩栩如生。爷爷和陶吧老板不理解，不明白他想念妈妈为什么要用这种方式，而且捏这么多，孩子说，他要捏三百六十五个妈妈，"以后我每天上学的时候，都带着一个泥妈妈，睡觉的时候也搂着……那样，我就和别的同学一样，天天都有妈妈了。"这是一个让人落泪动容的故事，一个孩子对妈妈的思念有多重，以至于他天天来捏一个泥妈妈？就像我们无法称出爱的重量一样，孩子对妈妈的思念和爱无法度量。三百六十五个泥捏的妈妈，闲月此篇小小说选择的道具和切入点可谓精巧，别具一格。

　　《压岁钱》同样是一篇写亲情的作品。在这篇作品中，闲月讲述的是兄妹情。八岁的哥哥在年三十的时候得到了两毛钱压岁钱，他怕妹妹眼馋，就告诉妹妹压岁钱一人一毛，第二天给妹妹买糖人。第二天，哥哥在热闹的秧歌队伍里挤来挤去，手里紧紧地捏着那两毛钱。看完秧歌，哥哥在街上四处找卖糖人的，兑现给妹妹的承诺，当哥哥挑选好糖人，把手里那张攥得汗唧唧的钱递过去的时候，意外地被风吹走了，哥哥为了追那两毛钱，被一辆刹车失灵的拖拉机撞飞了……在这篇小说中，闲月用舒缓的叙述语言来讲述这个悲凉的爱的故事。在那个特殊的年代，两毛钱是重要的，是天文数字，但哥哥对妹妹的呵护和关爱之情，一旦以生活中司空见惯却极易忽略的细节刻画出来，让人怦然动容。

在闭月的小小说中，人性之美是始终不离不弃的主题。尽管在我们的生活中，假恶丑与真善美是如影相随的，但在闭月看来，那些善良的、温馨的、美好的东西永远是主流，作家有责任去开掘、表现它，应以一种健康向上的力量引导人们热爱生活。

在《柳叶》中，闭月塑造了一个坚强、乐观的打工妹形象。柳叶为了挣钱给妈妈治病，放弃了上大学的机会，选择进城打工。在工作中，她热情服务，忍受老板娘的责骂，在小面点摊位坚持下去，最终自己成了面点摊的老板。无数打工者都怀揣自己当老板的梦想，但实现者寥寥，柳叶的成功源于她强大的内心，不懈的坚持，无疑是令人敬佩的。当下的励志作品甚多，但空泛的说教式的文章却并不能真正打动人心。这篇作品之所以令人过目不忘，就在于作者所描绘的生活之路，是一条虽然坎坷但却无比坚实的途径。

对于写作者来说，构思决定作品成败。《谋杀》是闭月小小说中极少涉及的人性恶的题材。这篇作品一改细腻温婉的叙述方式，同样写情感，但写的是夫妻间隐秘的无声博弈，叙述语言冷静简练，对男人的心理描写尤为突出。外遇是一个老套题材，外遇中的男人急于摆脱妻子采取种种伎俩的小说也很多，闭月的《谋杀》独辟蹊径，讲述了一个有点黑色幽默，甚至冷酷的谋杀故事，读来让人后背阵阵发怵。男人有了外遇，看到妻子在擦拭玻璃窗的时候，妻子每次擦窗户的时候，男人就希望她能掉下去，甚至幻想她真的掉了下去，以至于到后来用改锥撬松了窗钉，然而让男人失望的是，坠楼的是家政服务人员，妻子则安然无恙，"他呆立在那里，愕然无语。"因为他将面临法律的调查制裁。

如果说心理描写是《谋杀》的重要表现手法，作品的伏笔中对妻子的刻画则是闭月构思巧妙的另一高明之处。明线写男人的一系列心理变化，妻子则用笔很少。但值得思考和回味的是，就在男人撬了窗户以后，妻子就叫来了家政服务员帮忙擦窗户，是巧合？还是预谋？很显然，巧合是不足以解释这一切的，妻子的预谋应该是此篇作品的另一种解读。她明知丈夫的种种所为，却装作不知，设下一个圈套，报复了丈夫，但让无辜的家政做了替罪羊。题目的"谋杀"包含了双重寓意，一是男人对妻子的谋杀，二是妻子对家政服务员的谋杀。构思缜密，双线纠结，立意冷峻，此篇似可进入玄疑小小说之列。

因为工作关系，近几年我曾阅读了闭月大量的小小说作品，也能明显感觉到她在创作中的长足进步。写小小说需要天赋才气，需要耐烦、专注，需要质量、数量的相得益彰，一个作者如果做到了，循序渐进的提升就会是应有之义。祝贺闭月新书出版之际，愿她百尺竿头，更进一步。

杨晓敏

作者简介：杨晓敏——河南省作协副主席，《百花园》、《小小说选刊》、《小小说出版》主编，中国小小说倡导者、组织者、传播者和理论奠基人。

目 录

CONTENTS

第二辑
爱非爱

第三辑
爱的短信

第四辑
爱在灾难中永恒

爱 第一辑

◀ 爱
·······

安妮的签名售书活动，已经接近了尾声。

几天来，她一直被记者、粉丝们簇拥着。尽管很忙碌、也很疲惫，但她却感到非常的欣慰。美女作家、美女作家——十几年来这个孜孜以求的梦想，终于变成了现实。望着那些意犹未尽的粉丝，一种前所未有的成就感，久久地鼓荡在她心间。

就在这时，忽然看见一个女孩，穿过人群向她走来。女孩十二三岁的样子，清秀文静、穿着整洁，一张娇美白皙的脸上，闪着两只乌溜溜的大眼睛。女孩分开众人，来到安妮面前，怯生生地说，阿姨，能卖给我两书吗？听说您在这儿签名售书，我特意请假坐车赶来的。能，当然能，你来得正好，刚好还有十几本就售完了。安妮凝视着那张因羞怯，而灿若红霞的小脸，微笑着说。

哦，那太好了，要签名的，两本都签。另外请您把这两本书也给我签上名好吗？也是您写的。女孩说着又从书包里掏出两本新书，递给了安妮。安妮一见那两本书，突然怔住了。这本书是她十五年前出的，也是她的第一本散文集。

安妮从小就喜欢文学。上学的时候，她的语文成绩总是名列前茅。她的作文也经常被老师当范文读。并有不少作品在校刊和报纸上发表。老师夸她是才女，同学们也说她将来一定能成为作家。于是，考大学、读文学系、当作家也成了安妮的理想。

然而，事与愿违，高考的时候，安妮却因生活规律紊乱，得了急性阑尾炎，住进了医院。于是，错过了高考时机的安妮，只能眼睁睁地看自己的同学，纷纷地踏进大学的校门。理想破灭了，如此沉重的打击，足以使安妮痛苦窒息。从此，她也变得心灰意冷，一蹶不振。尽管妈妈和爸爸一再劝她，不要灰心，好好复习，等来年重考。可是她就是无法回复以往的学习状态。母亲逼得紧了，她就佯装学一会儿，等她一离开，她就开始看小说，读闲书。母亲无奈，便只好鼓励她说，你实在不愿意复读，就在家里学习写作吧。你不是想当作家吗？高尔基也没上过大学，可他照样成了作家。一语惊醒梦中人，那以后，安妮便搞起了业余写作，又在全国各大刊物上发表作品，并很快被本市文联聘请为实习编辑。

安妮结婚生子以后，就把精力转移到了相夫教子上，便不再那么热衷于写作了。爱好文学的母亲，看在眼里急在心上，就经常提醒她说，安妮啊，凡事贵在坚持，有空就写吧，妈喜欢看！在母亲的鼓励下，安妮果然坚持写了下去，而且作品的影响力也愈来愈大。不仅如此，母亲每次打电话来都絮叨说，你的作品也不少了，该出书了。如果能读到自己女儿出的书，我就死而无憾了。就这样为了满足母亲心愿，安妮才满怀希望地出了第一本文集。

这本名叫《莲心荷韵》的散文集，书出版时只印刷了两千册。

除了赠送给亲朋好友几十本，其他的一直压在当地的几个书店里，很少有人问津。这使原本信心十足的安妮感到非常的窝火，并不止一次地产生，就此封笔的念头。后来忽然有一天，她连续接到几个书店的电话，说她的书已经被抢购一空。这对心灰意冷的安妮来说，无疑是巨大的鼓舞。于是，她又开始笔耕不辍，直到今日。

令安妮惊愕的是，十几年过去了，如今这本书就连她自己都没有了，没想到眼前这个小女孩居然还有这本书，而且还是新的。看到这本书后，安妮再也没有心情继续售书了。她忙把女孩拉到无人之处，十分迫切地问，好孩子，快告诉阿姨你这本书你是从哪里买的？

这书是我爷爷的，爷爷知道我是您的粉丝，也知道我要来这儿买书，就让我带着这本书来了。

你爷爷是干什么的？我能见见他吗？

他以前是咱们市第二中学的校长，现在退休了。这样吧，我这儿有爷爷的手机号，您给他打电话吧。

您好，我是安妮，您的孙女正在我这里买书，请问那两本《莲心荷韵》您是在哪买的？

哦，那两本书不是我买的，是十几年前一个学生送给我的。她一次就给我送来了一千多本，让我发给学生们当课外读物。我问她为什么这样做，她说是为了鼓励一个作家。我这里还有好几本哪！

您的学生？您的学生她叫什么名？

她姓徐叫徐文娟。

啊？原来是她？

安妮听了这个名字，愕然呆立在那里，不觉泪流满面。

母亲去世后，安妮回去在整理母亲遗物的时候，又在储藏室里发现了二三百本《莲心荷韵》。那一刻，她再次泪流满面。

◀ 家 ·······

地震发生的时候，他们睡得正酣。随着一阵惊心动魄的抖颤，男人和女人同时从梦中惊醒。

不好了，地震了，快走啊——女人一声尖叫，翻身下床，拽着男人，就往外跑。

他们跑出来的时候，外面天昏地黑，地动山摇，风雨交加。老人、孩子狼哭鬼叫，男人、女人抱头鼠窜，整个小区乱成了一团——那种天塌地陷的恐怖感，已经把这些梦中惊醒的人们，推进了绝望的深渊。

他俩刚冲出家门，男人就觉得心口一阵绞痛，头晕目眩，两眼一黑，便昏倒在地。

他爸，他爸，孩子他爸——女人一边呼喊，一边用力扶起男人，用自己弱小的身躯托着男人的身体，拼命地向安全的地方挪。

女人把男人移到安全地带以后，就迅速地从他的睡衣兜里掏出了一个瓷葫芦，打开盖子，倒出里面药丸，然后掰开男人的嘴巴，把药塞进他的嘴里。她一边塞，嘴里还拼命地喊，他爸，他爸，孩子他爸，快醒醒，快醒醒啊——

男人有先天性心脏病，为了预防他心脏病发作，女人总是在他每个衣兜里，都装上一瓶速效救心丸。

少顷，男人在女人的呼唤和摇晃下，终于睁开了双眼。女人见男人醒了，高兴地抹了一把脸上的雨水和泪水。蓦地，她又想起什么似的，猛然回首望去，见他们住的那栋楼房尚未完全倒塌，而自家住的一楼也完好无损。她一阵惊喜，忙跟男人说了一句，钱，咱买房的钱，你等着，我回去取钱——说完，她就迅速地站了起来，又拼命地往家里跑。

站住！危险，你不要命了——

男人见女人跑了，明白她的意图，便急忙从地上爬起，奋力向女人追去——他知道女人是舍不得家里的那些钱，那可是他们夫妻多年来用血汗换来的积蓄啊。

男人和女人都是普通工人，他们婚后一直住在男人单位分的这套一室一厅住房里。由于住房紧张，连孩子也只能寄养在老人家。因此，攒钱买房，已经成了夫妻俩多年来奋斗的目标，好不容易把钱攒够了。前几天，他们又选中一套新房。昨天下午便把钱取了出来，放在家里，准备明天去交房款买新房呢，没曾想却遇上了这场灾难。

女人正不顾一切地往回跑，忽然被一双大手从身后拦腰抱住，并向后拖。女人回头见是男人，就一边使劲地挣脱，一边气愤地喊，放手啊，咱们的钱……放开我，我去取钱，咱的钱不要啦？！

可是不管她如何的挣扎打骂，男人就是紧紧地搂着她不放。

恰在这时，一场强烈的余震又铺天盖地袭来，男人和女人住的那栋楼，很快就在那阵剧烈的晃动中彻底地坍塌了。直到这时，女人才清醒地意识到，自己没回去取钱是对的，否则这会儿她也许已经成了一堆烂肉。

经历了这场生死劫难后，男人和女人的感情就更深了。

他们同甘苦、共患难，和灾区人们一起共建家园。

多年以后，已经儿孙满堂的男人和女人，偶尔回忆起地震那天的情景。女人禁不住地问，我说老头子，你说你那天为什么就不肯让我回家取钱呢？当时，如果我快点跑，说不定还真能把钱取出来呢。

废话，钱重要啊？还是人重要，钱和命比算个啥？

你说得对，不过，如果有了那笔钱，咱家一定比现在过得好。女人仍不服气地说。

你也不想想，倘若那天失去了你，还有这个家吗？家是生命的巢，只要有生命永远都有家。

听了男人的话，看着他郑重其事的深情，女人不禁幸福地笑了。那张饱经风霜的脸，也笑成了一朵灿烂的菊花。

◀ 谋杀

　　小心点儿，可别掉下去噢！初升的阳光透过刚刚擦拭的玻璃窗，让家里显得格外的洁净明亮。看着妻子抓着抹布，在窗户上不停舞动的小手，他禁不住提醒说。

　　话音刚落，他手机的短息铃声就骤然响起，把他吓得一颤。他忙掏出手机看了看，又紧张地瞭了一眼妻子。便不安地在屋里来回踱了起来。片刻，他又深深地叹了口气，颓然地坐在沙发上，紧盯着正在擦窗户的妻子发呆。

　　妻子是个勤劳贤惠、酷爱洁净的女人。每个月第一个大礼拜，给家里做大扫除、擦窗户已经成了她的生活规律。他们家是那种老式住宅楼，窗户框是木制的，每面窗分三扇，中间一扇是死的。妻子每次擦窗户的时候，都站在中间那扇的台子上，抓住窗框把身子探到外面去擦拭那些玻璃。他家住在四楼。每当看见妻子全神贯注地去擦那些玻璃的时候，他都感到非常的紧张。他担心妻子抓不住，或是那些年久失修的窗框，承受不住妻子的重量，再把她掉下去。所以他就经常这样提醒她。

每逢他说这句话的时候，妻子都会娇嗔地说，去你的，不干活还制造紧张空气，你才掉下去呢。看着妻子不以为然的样子，他的心都揪成了一团。说句心里话，以前他是真担心妻子会有什么闪失，恨不能自己替她去擦。可现在却不一样，他说完这话，却在产生一种特别希望妻子能掉下去的想法。为什么呢？因为他有外遇了，刚才那个短信就是情人发来的，而且他的情人正在逼他离婚。

自从他有外遇了以后，妻子每次擦窗户他都希望她能掉下去。甚至幻想出她真的掉下去的情景。他也曾为自己这种卑劣的想法而感到惶愧和不安，因为她毕竟是自己同甘共苦的结发之妻啊。可他的情人现在越逼越紧，还经常用把他们的事闹到单位来威胁他。

其实他原来在单位只是一名普通的科员，如今由于他积极努力，已经提升为副科级了。而且，单位马上就要给他涨工资换房。也就是说，他现在正是前途无量的时候。假如这时要闹出什么桃色新闻，那么他的大好前程可就会毁于一旦了。所以，他既不敢离婚，又怕情人无理取闹，只盼妻子真的能出点意外，好平息这场风波。

情人逼迫的越紧，他的这种想法就愈加强烈。他明白，假如现在这种窗户妻子都掉不下去的话，等他们换了新住宅楼以后，就更没戏了。可希望归希望，妻子每个月照旧坦然自若地擦窗户就是掉不下去。以前他担心窗户扇不结实，现在他又恨那窗户扇太结实，急得他真恨不得把她推下去。

为了尽快达到目的，他挖空心思想出了一个主意。趁妻子不在家的时候，他就用改锥把客厅中间的那个窗户框撬了撬，让它无法承受任何的重量。这样，妻子如果擦窗户掉下去就不再是幻想，而是迟早的事了。

　　于是，等到妻子再次擦玻璃的时候，为了避免有谋害妻子的嫌疑，他就借故躲了出去。为了尽快知道事情的结果，他没有走远，只是在家属院附近的公园里逛了一圈，又踅了回来。

　　果然不出所料，他刚到家属院的门口，就听见传来一阵刺耳的救护车声。随即一辆救护车便呼啸而出，从他的身边疾驰而过。继而就听到许多围观的群众纷纷地议论着：院里出事了，有人坠楼了……是一个女人，从四楼掉下来了。

　　他听了以后一阵窃喜，为自己计划的成功而自鸣得意。为了证实一下那个女人是否真的是自己的妻子，他又拨通了她的手机。手机铃响了：喂，老公，不好了，出事了——他听见对方说话竟然吓了一哆嗦。他本以为会没有人接呢，因为手机的主人，按照他的计划和猜测，现在应该已经躺在那个呼叫的救护车里。

　　你没事吧？我听说有人……

　　我没事老公，掉下去的是家政，我知道咱家的窗户年久失修，不太结实，所以你每次让我小心的时候我都特别的害怕。为了安全，今天我就叫了家政来给咱擦的玻璃，没想到还真的出事了，谢谢你的提醒啊，老公……

　　听了这话，他久久地呆立在那里，愕然无语。

◀ 酒鬼

正午的阳光很刺眼，酒鬼眯缝着眼睛，晃晃悠悠地走在热辣辣的日头下，脚步飘忽轻盈，像踩棉花。

酒鬼的名字不叫酒鬼，酒鬼的名字叫石峰。酒鬼以前也不是酒鬼，酒鬼是因为高考落榜和失恋才变成酒鬼的——由于感情的纠葛他落榜了，和他相恋的女友考入名牌大学后，也跟他拜拜了。从那以后，石峰就变成了酒鬼。

酒鬼喜欢把自己灌得酩酊大醉，晕晕乎乎地漂游在大街上。看着那些喊他酒鬼的孩子们"嘿嘿"地咧着大嘴笑。因为，只有这种如梦如幻的感觉，才能让他忘记失恋的痛苦和烦恼。

酒鬼今天的酒喝得很舒心、很惬意。舒心惬意了的酒鬼走到家门口的时候，却不想再往家走了——他怕回去又会遭到母亲的白眼和奚落。于是他就转身向邻居张启家晃去。张启和他是一起落榜的，张启落榜后就在家里开了一个小型木器加工厂，给人家做家具。

张启很勤劳，中午也不休息。酒鬼走进去的时候，他正开着电锯破木料。见酒鬼进来，张启家的狗大黄就摇头摆尾地向他扑来。这条狗高大威猛，善解人意。酒鬼很喜欢它，还经常隔着墙头把自己家的剩饭扔给它，因此大黄也很喜欢酒鬼。

喝高了的酒鬼见大黄朝他扑来，就玩笑般地从地上捡起一块砖头，向它投了过去。大黄见状，吓得急忙转身躲闪。由于躲得太快太猛，竟一下撞在了那个飞速旋转的电锯上。只一刹那，那个锐利无比的电锯，就把大黄的眼睛犁开了花。随着血光的飞溅，酒鬼也傻了眼。他万万没有想到自己一个玩闹似的动作，竟造成了这么悲惨的结局。在大黄撕心裂肺的惨叫声中，酒鬼的酒也醒了一半。

大黄被电锯给锯开了半边脸以后，就浑身抽搐着躲在墙角，不时地发出痛苦的哀叫。张启见此情景，又急又气，急忙抱起大黄，心疼地说："这可怎么办，这可怎么办啊！？"

酒鬼自知理亏，没敢吱声，只是愣愣戳在那里。

酒鬼忽然想起什么似的，一把夺过张启怀里的狗就往外跑。

他抱着狗冲出门，直奔他们镇上的李兽医家。等到了李兽医家，他却不在，他老婆说他叫人请去给马看病了。酒鬼就只好抱着浑身战栗，流血不止的大黄等。

时间在大黄的不断哀鸣和流血中一点点地过去了。酒鬼本想再找个兽医给大黄治疗，可他们镇上兽医太少，除了李兽医他还真不知道到哪儿去找。半个小时以后，李兽医终于摇摇晃晃、两眼发红地回来了。不用说，一看就知道他也喝多了。

见他回来，酒鬼像看到救星似的说："你怎么才回来啊？我们都等你半天了！"

"那个治马的非留我喝酒，要……要不早就回来了。"李兽医硬着舌头说。

李兽医喷着酒气，看了看大黄，问明了情况。就开始给大黄止血、缝合、包扎。由于酒喝得太多，他每缝一针，手都哆嗦几下。把大黄痛得嗷嗷地直叫——原来刚才太着急，他竟忘了打麻药。

说起来大黄也够倒霉的了，一天就遇到两个酒鬼。等李兽医给大黄处理完了伤口，它已经气息奄奄了。看着大黄那副惨不忍睹的样子，酒鬼才真的痛恨起酒来了。

大黄伤好了以后，一看见酒鬼去它家，就瞪着一只惊恐的眼睛躲在狗窝里不敢出来。酒鬼为此也感到很难过，就不爱去张启家了。那以后，酒鬼每次想喝酒的时候，就仿佛能看见了大黄那只惊恐的眼睛和受伤时的惨状，便不想喝了。

张启似乎已经看透了他的心思，就劝他说，既然已经瞎了一只眼，再难过又有什么用呢？石峰觉得他的话确实有道理，其实自己的爱情和过去不就像大黄的眼睛一样吗，已经瞎掉了，再难过也于事无补。

不想喝酒的石峰，再也不愿意游手好闲地待在家里，就复习报考了畜牧兽医专业。因为他觉得那时的兽医太少，还有像李兽医那样的兽医也太没医德了。

几年以后，石峰在畜牧兽医院做了兽医师，做了兽医师的石峰从来不肯接受畜主喝酒的邀请。因为，他再也不想回到那些做"鬼"的日子。

◆ 酒殇

窗外，夜幕沉沉，寒风阵阵；窗内，灯光昏暗，冷气森森。我和弟弟妹妹蜷在被窝里，眼巴巴地望着坐在炕桌前的爸爸、妈妈。爸妈惶恐不安的脸，让我们有一种世界末日般的恐怖感。

听说村西头的长锁也死了，唉！太可怕了！爸爸边啄着手里的旱烟袋，边唏嘘道。一张黝黑的脸显得格外的沉重。

是哩，咱家人可都吃了他家的东西，到底是不是食物中毒呢？妈一边审视着我们一边紧张地说。

今天村里一连六七个人，而且都是昨天参加表哥婚礼的人。所以大家都怀疑表哥婚宴上的酒菜有毒——究竟是菜有毒，还是酒有毒，还得等有关部门的验证才能知道。听说那些死的人都是先恶心、呕吐，继而口吐白沫、七窍流血、浑身抽搐便气绝身亡。

昨天表哥结婚，舅舅虽然没让我们去参加婚礼，但舅妈却让妈妈给我们带回来一些折箩。七十年代，能吃上一顿婚宴上的折箩，对我们来说就是很幸福的事情了。不消几分钟的功夫，我和弟弟妹妹就把那点折箩一扫而光。望着一边吧唧嘴一边舔盘子的弟弟，气得爸爸直埋怨，瞧你舅舅多小气，他儿子结婚，我们又帮忙又随礼的，末了就给了咱这么点破东西，还不够塞牙缝呢！去你的，你别站着说话不腰疼，女方要的彩礼太多，他不抠点行吗？听说这还拉不少饥荒呢。听了爸的话，妈忙替自己的哥哥辩解。啧啧，还说你哥不抠呢，他家可是咱村的首户，小强他们可是他的亲外甥，吃他一顿饭他都舍不得，忒小气！爸用手指着我们，冲着妈瞪着眼睛吼道。妈似乎也觉得舅舅做得有些过分，就没再言声，便随手抢过弟弟正在舔着的盘子，迅速地抹了一把桌子，转身走了。

舅舅是我们村的村长，生活自然比我家富裕。我们每次去他家玩，都看见他家吃的比我家好，还经常碰到一些找他办事给他送礼的。天高皇帝远，村里没人敢得罪舅舅。这次表哥结婚，全村没有不随的。随礼的人多，参加婚礼的人自然也多。所以表哥的婚宴办得很一般，据说后来吃得连盘子都空了。今天出事以后，爸不但不再埋怨舅舅抠了，而且还为我们没有多吃那些折箩而庆幸不已。

小强，你恶心不？想不想吐？……小霞，你有没有觉得哪儿不舒服呀？……小宝，你的头热不热？肚子痛不痛？……

这会儿爸、妈望着我们一个劲儿地问。把我们问的心里发毛，真恨不得把昨天吃的那些东西都吐出来。

别光问他们，咱俩昨天都参加了婚礼，吃的东西最多，你没事吧？爸死死地盯着妈的脸，紧张到了极点。我没事，你呢？你可是又喝酒，又吃菜了。我没事，我只是刚开始喝了一口新娘敬的酒。

唉！你没事就好，可我最担心哥哥，万一……妈说到这儿便有些呜咽了，爸爸没再说话，只是一口接一口地吸着手里的旱烟。缭绕的烟雾使屋里的灯光变得愈加的昏暗了，气氛也变得非常压抑。看着爸、妈紧张的样子，我觉得那个夜晚也显得格外的狰狞恐怖。不知过了多久，见我们都安然无恙，爸妈才长长地舒了一口气，便熄灯躺下了。黑暗中还不时地传来妈妈的叹息声……

第二天一大早，我就被爸妈的说话声给惊醒了。调查结果出来了，你说你哥哥怎么这么混呢？酒不够喝，为了省几个钱，他竟然用村里卫生所的酒精兑水给大伙儿喝。这回可倒好，喝出了七八条人命！还说你哥不抠！？

啊？真的吗？不是食物中毒啊？！……天啊——我那糊涂的哥哥啊——我那可怜的哥哥哟……妈听了爸的话，便一屁股瘫坐在了地上，拍着大腿，鼻涕一把泪一把地号啕了起来……

嚎个屁！这可是人命关天的大事，你号断了嗓子有什么用？快把孩子们都叫起来，送他舅舅一程吧，听说一会儿县里就要来车抓人啦，说不定这就是……爸把烟袋锅子往门框上一磕，便一把拽起地上的妈妈吼道。

这时候，就听到一阵刺耳的警车声，由远而近蓦地划破了乡村的沉寂。等我们全家人一阵风似的赶到舅舅家时，舅舅已经戴上了手铐，由几个警察正在往车上押。舅妈和表哥、表姐们已经哭成了一团。

哥哥——妈号啕了一声不顾一切地拦住了他们的去路，我和弟弟妹妹也纷纷地跪倒在了舅舅的面前。

妹妹，其实我只是想省点钱给娘治病，咱娘的白内障……妈妈和我们听了这话，便更加的泣不成声了——舅舅虽然小气，但却是村里最有名的孝子……

望着绝尘而去的警车，我也只能任凭自己眼睛一次又一次地朦胧、模糊……

◀ 血缘

    当看见那根粗大的针头插进自己的肌肉时，关鹏的心悸然一颤，急忙闭上了双眼。随着针管中的鲜血的纷涌呈现，他紧张得几乎不能呼吸。为了缓解这种紧张的情绪，他不禁看了一眼周围其他献血的人们。蓦地，他发现离他不远的地方，有一个端庄秀丽的女孩，她一边若无其事地献血，还一边好奇地盯着他看。四目相对，她不禁嫣然一笑，俏肩一耸轻松地说，别紧张，你这是第一次吧？其实一点也不痛，就像被蚊子咬了一下似的。他不觉有些惭愧，忙窘迫地点了点头，收回了视线，极力地装出一副不以为然的样子。

    关鹏是哈尔滨工业大学的一名高材生，他不但长的仪表堂堂，而且品学兼优，阳光向上。今天是大礼拜，学校放假。他想出来买点日用品，在路过这个休闲广场时，就看见一辆献血车停在路边。车上还挂着两副大红布标，标语上写着："无偿献血，无上光荣""献血一袋，救人一命"。车旁边站着不少排队献血的人们，他们的脸上都挂着温馨的笑。张鹏不禁被他们这种奉献精神而深深地感染了，也情不自禁地走进了献血的队伍。

因为是第一次献血。等医生按程序给他做体检、验血……等献血前的检查时，他就不免有些紧张。别看关鹏长的高高帅帅的，可作为家里的独苗——从小就娇生惯养的他，骨子里却非常的脆弱。

这会儿，他虽然在女孩的鼓励下镇定了许多，但还是没完全摆脱那种紧张的状态。于是，他又忍不住睃了女孩一眼，她此时正凝视着防止血浆凝固器上的血浆袋，一副神情专注的样子。女孩长得娇小玲珑，端庄俏丽，一头油黑柔顺的头发，很自然地遮住了半张莹洁的脸。关鹏不由得看呆了。这时女孩又一抬头，与他的目光再次碰触，关鹏心中一阵怦然，竟然有些晕眩，双颊也燃起了火焰。女孩看着他那副羞窘不安的神态，再次嫣然失笑。这一笑容如花般的灿烂，竟让关鹏有一种通体透明舒爽感。

女孩献完血就先走了，看着她那婀娜的身姿轻烟般地飘出了车厢，关鹏的心底便涌出一股莫名的惆怅。他鼓了鼓勇气，张了张嘴想叫住女孩，问问她的姓名，可最后还是把这个想法硬生生地咽下去了。等他献完了血离开的时候，禁不住回头又望了一眼那辆献血车。那一刻，他仿佛又看见了女孩灿烂的笑颜。

日子如水般地流逝着。暑假开学返校的那天，关鹏所乘的公共汽车刚到哈市郊区，就在一个急转弯处，和一辆黑色的本田突然相撞。车上坐着一男一女，由于路况险峻，那辆车竟被撞得面目全非，惨不忍睹。关鹏的这辆车上虽然没有伤亡，但也是人仰马翻，一阵骚乱。

当惊魂未定的关鹏随着大伙涌出汽车时，就见那个男人已经头破血流，气绝身亡。在他身旁不远处的血泊里还躺着一位长发披肩的女孩。女孩此时已经苏醒了过来，正艰难地向男人这里爬着，嘴里还不停地喊着，爸爸——爸爸——可她没有爬出多远，又昏迷了过去……

等关鹏和大伙把父女俩送到附近的医院后，医院在抢救女孩准备给她输血时，却找不到与她配型的血液。医生只好现场求援，没想到关鹏的血型正好和医生所说的血型相符。于是他便自告奋勇主动献血。因为着急返校，关鹏输完了血，连姓名也没留就离开了医院。

两个月后的一天，关鹏突然被老师叫到了办公室。他一进门就见去年在献血车里遇到的女孩，正和他的老师热情地攀谈着。见他进来，女孩忙起身迎了过来，高兴地说，我可算找到你了。你在医院里给我输血怎么连个姓名也不留呀？要不是那个医生说，那天她听见有人叫你关鹏，我现在还找不到你哪，出院后我足足找了你一个多月——跑遍哈市所有的大学，到处寻找一个名叫关鹏的男孩。皇天不负有心人，今天终于让我找到你了。

关鹏也十分惊喜地说，怎么这么巧，原来那个出车祸的女孩是你呀，你那天满脸血污，又被头发遮着，我还真没有认出你。

女孩抹了抹额头上的细汗，上前一把抓住关鹏的手，继续说，你想做活雷锋，却害苦了我，今天我再也不会放过你了。我叫杨静，来，咱们正式认识一下。

原来你们以前就认识呀，好，你们聊，我还有事，去处理一下。

关鹏的老师看见眼前这两个阳光向上的孩子，会心地一笑。就轻轻地带上门走了……

四年以后，当关鹏和杨静携手走入婚姻殿堂的时候，望着娇媚可爱的妻子，他不无感慨地想，都说付出就有回报，的确如此。是献血才让我结此良缘的，这种血脉相融的感觉真好！

◀ 候鸟

　　"候鸟"的手伸出去，又缩回来，缩回来，又伸出去。他想验证那一幕，又怕见到那一幕。最后他还是一咬牙，把钥匙插进了钥匙孔。门开了，"候鸟"轻轻地掩上门，便轻车熟路地走进别墅。"候鸟"刚穿过客厅，就听到一阵男人的鼾声从卧室传来。黑暗中、静夜里，这鼾声对"候鸟"来说，就犹如晴天霹雳。妈的，我的预感果然没错，这婊子还真是偷人！"候鸟"在心里愤愤地骂着，便狠狠地朝门撞去。

　　"嘭"地一声，门开了，灯亮了。随着一声尖叫，只见一对赤身裸体的男女，惊慌失措地蜷缩在那张原本属于"候鸟"的水床上。见此情景，"候鸟"紧握着拳头，瞪着铜铃般的眼睛，咬牙切齿地向他们扑去，好啊，你吃我的，喝我的，还敢给我戴绿帽子！你等着，老子跟你没完。"候鸟"扑到近前，便左右开弓地分别给了男女几个响亮的耳光，然后又冲着女的一瞪眼，丢下这些话，便转身扬长而去。

"候鸟"十分愤慨地走在黎明前的黑暗里，就觉得浑身奇痒无比。他心情沮丧地看了下表，才五点一刻。便挥手要车，直奔三亚华源温泉海景度假酒店。到了酒店，他草草地用了早餐，就直奔温泉池。见到澄碧清澈的温泉水，"候鸟"就觉得身上愈加的奇痒难耐。于是他迫不及待地钻进温泉池，十分惬意地泡了起来。

　　"候鸟"虽然姓侯，但却不叫候鸟，叫侯军。"候鸟"之所以拥有候鸟这个绰号，是因为他和候鸟一样，具有随着季节南北迁移的习性。"候鸟"之所以具有这种习性，是因为他患有牛皮癣这种久治不愈的顽疾；因为他发现这病，只适合住在这个气候宜人、空气清新的海滨旅游城——也只有来到这里或泡进温泉，他身上的奇痒才能减轻。这种贵族似的生活方式，虽然需要很多的钱。但钱对"候鸟"来说并不是问题，因为早在五年以前"候鸟"就已经成了长春市的首富。

　　"候鸟"是做外贸服装生意起的家。刚开始，他的生意非常惨淡，有时一天连一件也卖不了。有一天，对过美容美发店的老板，没事到他的店里与他闲聊。老板的名字叫夏晓兰，一个漂亮活泼的女孩。见他因生意清淡，苦闷忧虑。便说，像你这种卖法，咋行？看我的。说完，便拿起笔，把那些服装的价格标签上都加上了一个零，有的甚至加上了两个零。"候鸟"见状急得跺着脚说，你干吗呀？便宜都卖不动呢，你还提价，你这不是坑我吗？坑你干嘛？你就瞧好吧，过几天你就知道了。说完，嘻嘻一笑，转身走了。

　　出乎意料的是，"候鸟"店里那些原本二三十元钱进的服装，被晓兰玩笑般地添上零之后，竟卖得出奇的好。这使"候鸟"牢

第一辑　爱

牢地把握住了顾客的心理，生意很快就红火起来。富起来的侯军，不但知恩图报地娶了"贵人"晓兰为妻，而且投资办起了一家外贸服装公司，夫妻俩共同经营着。

然而，候鸟身上的牛皮癣却成了他的心病，尽管他多方求医，可是还是时好时坏，不能痊愈。

有了钱以后，他就带着晓兰到处旅游。于是他便像发现新大陆一般，发现三亚的气候和环境，特别有利于缓解他的病痛。就这样，他便随着季节经常迁移在长春和三亚之间——过着"候鸟"一样的生活。因为要打理生意，晓兰便不能经常陪同他。就这样，他便和许多有钱人一样，在三亚养起了二奶。于是，便演出了开头那一幕。

这会儿"候鸟"泡了一上午的温泉，就从酒店出来，想去找他的二奶"算账"。等他到了别墅，一开门，竟见到一个陌生男人。男人见了他便问，你找谁？"候鸟"说了二奶的姓名。男人却说，她已经把房子卖给我，搬走了。听了这话，"候鸟"五雷轰顶一般，急忙拨打二奶的电话，可她的电话却再也无法接通。

"候鸟"失魂落魄地走在大街上，又接到了晓兰的电话，说他们的公司因经营不善已经破产，她也生病住进了医院。还说，看来我们只有从零做起了。

欲哭无泪的"候鸟"，想到自己今后再也没条件像候鸟一样地生活了，就觉得身上又开始奇痒不止……

◀ "肠子"
....

　　"肠子"今天终于拆线了，大家都为她高兴。看着她干裂无色的嘴唇，女儿很心疼，就端起水杯，轻轻地把她扶起——想让她喝口水。她的身子颤巍巍、软绵绵的，就一把枯槁在风中瑟瑟发抖。病友们的目光都移向了她，既关心又同情。她慢慢地张开嘴，只喝了一口水，竟呛得剧烈地咳嗽了起来，这一咳不要紧，一堆肠子立刻就从刀口里涌了出来。吓得我赶紧闭上了眼睛。天哪，不好了，来人啊——只听她女儿尖叫一声，就迅速地按响了传呼器。接着病房里一阵骚乱，医护人员纷纷而至，"肠子"也被七手八脚地送进急救室。我和病友们都为她捏一把汗，心想这老太太还能挺过去吗？

　　我是因肠套叠才住进普外科的，手术的第二天早晨，我睡得正酣，竟被一阵纷乱的脚步声和喧哗声惊醒。稍后，我就听去卫生间回来的女儿说，刚才又送来一个老太太，听说被入室抢劫的歹徒捅了好几刀，连肠子都给捅出来了。我听了以后，心想，这个歹徒也太残忍了吧，连老太太也不放过，真是丧尽天良啊！

　　没想到几天后，这个老太太做完手术，就从重症监护室转到了我住的病房，于是，我们就成了病友。老太太七十多岁，惨白惨白的脸上，布满了阡陌纵横的皱纹。她的伤势很重，不单是腹部，身上许多地方都有轻重不一的刀伤。她被送进来的时候，还处于昏昏沉沉的状态。望着她那遍体鳞伤的样子，我的心都揪到了一块，悲悯之情油然而生。因为，她肠子被捅出来的事轰动了整个医院，也撼动了许多人的心。所以，大伙儿就偷偷地给她起了个绰号叫"肠子"。

"肠子"只有一儿一女，都生活在农村，穿着打扮非常俭朴，他们轮班守护着"肠子"，并时常为凑不到钱，为母亲交住院费而愁眉不展。闲谈中我听说"肠子"是因低保费才惨遭毒手的。由于家境贫寒，农村落实低保户政策以后，"肠子"就申请了低保。出事的那天，是她第一次补发低保费。她一下子就领了两千元钱的低保费，高兴得都合不拢嘴。那天下午，她还坐在大门口和左邻右舍炫耀了一番。没想到，当天晚上就惨遭了毒手。

"肠子"是我们病房里病情最重的病号，因此，她的一举一动都格外引人注目。由于事发后很久才被发现——抢救得不及时，致使她的肠子在外面耽搁的时间过长，所以就不敢把肠子全部放进肚子里，只好把大肠留在外面。看到她这么大年龄还遭这份罪，大家都很同情她，并纷纷地向她伸出援助之手——吃的用的，只要她需要，大家都会毫不犹豫地送给她。

肠子的病情稍有好转，公安局就来立案调查了。办案人员详细地询问了她事发前后的经过——比如，她领低保费的时候都有谁看见了？回来后又把低保费放到哪儿啦？还有谁知道这件事啊？她都一一做了回答。最后又问她，那个歹徒入室抢劫行凶时

三百六十五个妈妈

候，你有没有看清他的长相。这时，"肠子"沉吟了半晌才摇摇头说，没有，当时屋里太黑，我也吓懵了，啥也没看清……

此后不久的一天，趁人不备，我好奇地问，你真的一点也没看清杀害你的凶手吗？我觉得这个人一定很了解你的情况。

"肠子"听了我的话，深深地叹了口气说，唉！大妹子，你说对了，如果不了解我的情况，他能在我刚领了低保费就来抢吗？如果我不认识他，没看清他是谁，他能狗急跳墙，对我痛下杀手吗？他本想趁我不备，偷了钱一走了之，没曾想，却让我给逮个正着，他才不得不杀人灭口的。

啊，原来你知道凶手是谁啊，那你咋……

我既然已经死里逃生了，又何必赶尽杀绝呢？乡里乡亲的，再说他家过得也很艰难。其实，这人哪，都有万不得已的时候。

"肠子"说这话的时候，苍白的脸上显得格外平静，就好像在说别人的事情。听了她的话，我对她的那份悲悯之情，顿时化为一种由衷的敬佩之情。

几天以后，我在去卫生间回来的时候，就看见在我们病房的门口，有一个中年男子在那里徘徊张望。

等我走了过去，刚要开门进屋，却被他拦住了。

请问，这位大婶您也在这个病房的吗？

是啊，你有事吗？我望着他那紧张不安的脸，疑惑不解地问。

我……我是二号床的亲戚，请您替我把这些钱交给她，就说我对不起她，我不是人，我错了，我已经知道该怎么做了……

男人说完，把一大沓子钱塞到我的手里，转身就走。只留下我，茫然无措地愣在那里……

◀ 送礼

当黄建拎着那箱奶走进庞局长的家门时，庞局长的夫人正仰在沙发上看电视。听见小保姆的禀报，她才懒洋洋地欠了下身子，不屑地瞭了黄建一眼，拉着长音说，来啦，进来吧，老庞不在家，你有事儿可以给他打电话。

随后她又抬起那只涂着趾甲油的脚，狠狠地踢了一下蜷缩在地毯上的狗，娇斥道，大中午的也不让人家睡觉，真讨厌！那条狗嗷地一声，从昏睡中惊醒，夹着尾巴围着女主人那只白嫩嫩的脚，哼哼唧唧地转悠了半天，才又摇头摆尾地趴在她的脚下。

局……局长不在，那我改日再来……过，过节了，一点小意思，不成敬意，不成敬意……

见此情景，黄建忙把那箱奶递给了保姆，挤着讪笑说。我家没人喝奶，你还是……还没等黄建说话，局长夫人那颤悠悠的声音，便已经被小保姆用门关了起来。

望着那扇冷冰冰的防盗门，黄建心里这个恨啊，他恨自己来得不是时候，也恨自己不该选择这种方式送礼。

黄建原是工商局市场监督管理科的副科长，最近他听说，正科长老马要调离本市。虽然论资排辈，正科长的位置，理应非他莫属。但他心里清楚，这把交椅可有不少人在虎视眈眈地盯着哪。为了保险起见，他便和老婆商量，趁十月一、八月节送礼之际，向局长表示表示。老婆听了非常赞成，还给他出了一个主意，让他把钱装在奶箱里送去。还自以为是地说，谁都知道鲜奶是有保质期的，装在奶箱里送去，用不了多久就会被你们局长发现，如果装在酒箱和烟盒里，说不定一年半载的他也不会打开看呢。

黄建闻言，也交口称赞。于是，就买了箱鲜奶，打开包装，拿出来几袋，又放进去三万元钱，再照原样封好，便小心翼翼来到了局长家。他原本是想晚上来的，可老婆却说，快过节了，晚上到局长家送礼的人准少不了，还是中午去吧。这会儿，黄建碰了一鼻子灰，还真觉得很尴尬。

这个黄科长啊，都啥年代了？大过节的就送来了一箱奶，真小气！把黄建打发走了以后，庞局长的夫人，便撇了撇猩红的嘴巴，冲着卧室嚷。

唉！不就一箱奶吗，你不想要，就随便送人好了。她的话音未落，庞局长的声音便从卧室里传来。

嗯，那好吧，小翠啊，下午你把这箱奶和李科长送的那两箱脑白金给我妈送去，告诉她过节的时候我再回去。庞局长的夫人仍仰在沙发上，慵懒地吩咐着，那架势，俨然就是一个高高在上的女皇。

就这样，那天下午，黄科长的那箱奶，便按照局长夫人的吩咐，被小翠送到了庞局长的老丈人家。

没想到庞局长的岳父、岳母是两个旅游迷。趁十一黄金周，又出去旅游观光了。等他们回来以后，才想起女儿送来的那箱奶，一看早就过期了。这些年沾了局长女婿的光，老两口的家里不过期的东西都堆积如山呢，就别提这过了期的东西了。于是，便把那箱奶顺手扔进了垃圾箱。

老黄啊，都这么多天了，你们局长也该看见咱给他送的钱了吧；也该明白咱的意思了吧，你赶紧给他打个电话，提醒他一下。"十一"刚过，黄建的老婆就催他。黄建无奈，只好拨通了庞局长的电话，喂，您好，庞局长，过节之前我到您家看您，您不在，嫂夫人跟您说了吧？哦，说了，说了，还说你送来一箱奶，谢谢你啦……黄建闻言，便知道庞局长已经看到了那笔钱，于是，便又故意说道，不客气，不客气，一点小意思，也希望您能明白我的意思……

明白、明白，当然明白。庞局长心想，不就送来一箱奶吗？这么小气，还好意思让我明白你的意思，你也太小瞧我了吧？！于是，就哼啊哈啊地敷衍了两句便撂了电话。黄科长打电话的时候，他老婆就竖着耳朵听着。放了电话，这两口子的脸上都笑开了花，心想，这回正科长的位置咱稳拿。

谁曾想第二天上午，黄建的老婆就接到了他的电话，喂，老婆，刚才局里开会了，提拔李科长当了正科长，这庞局长也太黑了吧？我都按照你的意思，给他意思了，可他太不够意思了吧！

啊？是啊！怎么会这样呢？

黄建的老婆闻言，顿时就傻了眼……

几天以后，就在黄科长仍为送礼的事而懊恼的时候，却接到了检察院的传讯。原来庞局长的岳母把那箱奶扔进垃圾箱，被打扫卫生给捡去了。他把那箱奶拿回家，打开一看，发现里面还装着三万块钱，便到公安局报了案。公安局顺藤摸瓜，从而揪出了一大批行贿受贿的腐败官员。

◀ 柳叶

路，很难走。昨夜，刚下过一场大雨，我和柳叶趔趔趄趄地走在泥泞的山间小路上。衣服、鞋子早已经被露水打湿。柳叶高挽着裤脚走在我的前面，两条莲藕般的小腿上滚动着晶莹的露珠。凝视着她腿上溅上的泥点子，我忍不住地问，柳叶，你不上学，就去打工，将来不会后悔吗？

你说呢？我做梦都想上学，可俺娘的病……唉……谁让俺没有读书的命呢？！柳叶叹了一口气，哈腰挽了挽褪下去的裤脚，瞭了我一眼苦笑着说。

我和安柳叶是一个村的，也是同学，又非常要好。在班里她的学习成绩一直遥遥领先，这不今年高考的时候，她又考取了哈尔滨师范学院，而我却名落孙山。可就在这节骨眼上，她那患有肾病的母亲，病情却愈来愈重。为了挣钱给妈妈治病，她只好放弃学业，和正准备出去打工的我，踏上了进城打工的路。

听着柳叶的叹息，我没再言声，只是一步一滑地和她默默地走着……突然柳叶脚底下一跐溜，单薄的身子晃了几晃险些栽倒。幸亏我反应快，一步奔上前去，一把扶住了她那弱柳般的身躯。这一瞬间，我分明看见她的眼里有泪光在闪。等她站稳后继续走路的时候，那条路却朦胧在初起的晨雾里。于是，我的视野也朦胧了。

进城后我们进了一家超市，在面点摊打工。活很脏也很累——每天除了制作大量的面点，还得面对那些挑肥拣瘦的顾客。有的顾客非常挑剔，买货的时候，不是要火大的，就是要火小的，不是嫌太小，就是嫌太油了……有时都会被他们给指使懵了。这家的生意很火，老板娘也很刻薄。这不，刚才因为柳叶卖货时不够耐心，就当着顾客的面训斥了她。

死妮子，让你给拿哪个你就拿哪个呗，人家挑挑货，你先不耐烦了，顾客就是上帝，你明白不？你不想干了吧？！

对对对，老板娘，您说得对，顾客是上帝，我们就是上帝的保姆，没把上帝哄高兴了就是我们的失误。

柳叶讨好似的说完这番话，涨红的小脸上挤着讪讪的笑。老板娘狠狠地白了她一眼，随即也忍不住地笑了。见老板娘被逗乐了，柳叶又开始从容地应付起了顾客。

等买卖高峰过去以后，筋疲力尽的我却忽然发现柳叶不见了，和老板娘打了招呼，我拖着软绵绵的双腿向卫生间走去。

刚到卫生间的门口，我就听见里面传来一阵哭声。我开门进去，就看见柳叶捂着肚子，正蹲在洗脸池边呜呜地哭。苍白的脸上滚着豆大的汗珠，瘦弱的身体不停地抖动着，就像一片在秋风中瑟瑟发抖的柳叶。

柳叶，你不舒服吗？身为女性我立刻就明白这是怎么回事了，便心痛地问。

嗯！我……肚子痛……所以才对顾客……她见是我，忙点点头含着泪痛苦地说。

咱老板娘也太狠了，就算是你做错了事也不该当着顾客损你吧？

想起刚才发生的事，我不禁愤慨地说。柳叶没说话，只是艰难地站了起来，打开水龙头洗了一把脸，长长地叹了口气。

柳叶，这活太脏、太累，老板娘也太刻薄，我真的不想干了，咱还是找点别的活吧？

不！咱现在还不是挑剔的时候，先忍一忍吧。柳叶看了我一眼坚决地说，那张清瘦俏脸也变得坚毅起来。

有了跳槽的想法，不久我便在这家超市里找了一份卖文具的活。这工作不但轻松干净，工资也不低。可柳叶却一直在那家面点摊继续打工。

等到了年末，她们老板要到外地谋生。柳叶就东拼西凑地借了些钱兑下了那个面点摊——自己当起了老板。

第二年春天，那家超市却因管理不善破了产。失去职业的我已经厌倦了打工的生涯就回家务农了，而柳叶却不肯跟我回乡，说要留在城里另谋发展。

几年以后，偶尔一次和朋友进城逛街的时候，在一条繁华热闹的街道上，我竟看见一家挂着"柳叶面点屋"牌匾的商店。我情不自禁地走了进去，就看见面若桃花的柳叶，满面春风地迎了出来，并一把抓住了我的手。这时，我明白眼前的柳叶已经今非昔比了。闲谈中我知道，当年柳叶不肯离开面点科的主要原因就是想留下来潜心学习面点制作技术，因为她在一次老板娘与别人闲聊的时候，听到了她有转让面点摊的想法。

如今的柳叶不但有了这家生意兴隆的主店，还计划另开一家分店。她妈也用她挣的钱做了换肾手术，也跟她住进了城里。

小霞，别回去了，和我一起干吧……最后，她紧紧地抓着我的手诚恳地说。

说完，她嫣然一笑，笑得那么的灿烂。那一刻，我不禁想起她当年在卫生间里偷哭的情景……

◀ 听书

下班后，我没走多远，就被一阵旋风遮住了视线。那股旋风来得迅猛突然，令人猝不及防，顷刻间天地一片昏暗。旋风席卷着尘沙拼命地抽打着我的脸，我皱着眉头，缩着脖子，眯缝着眼，却怎么也辨不清前面的路。最后，我不得不跳下自行车，钻进了路边的一个书吧。

这间书吧不大，只有不足二百平方米的地方，但却布局合理，装饰不俗。书吧里静悄悄的，只有十几个人，稀稀落落分布在几排书架之间，或站或坐地在查找翻阅自己喜欢的书籍。几棵硕大的绿色植物，恰如其分衬托在书吧的几个角落里，使整个书吧显得格外的清静优雅。这种肃静悠闲的气氛，和窗外的污浊喧嚣，形成了一种鲜明的对比，使我情不自禁地陶醉在这片书的海洋里。

我沿着第一排中国现代文学的书架，慢慢地向前走去。边走边仔细地查看着书名，并时不时地抽出一本自己感兴趣的书，随意地翻阅。当我走进第二排和第三排书架之间的时候，就看见一个带着茶色墨镜的女孩，坐在一个藤椅和圆桌前，正神情专注地翻阅着一本厚厚的书。女孩十六七岁的样子，皮肤白皙，容貌秀丽。

我并没在意，仍继续沿着书架查找着书籍。

或许是由于精力特别集中，我的脚下突然被一个东西绊了一下，一个趔趄险些没有摔倒——幸亏身子在栽倒的之前，手已经扶在了那个戴墨镜女孩的椅子上，否则洋相可就出大了。等我稳住了身子定睛一看，原来绊我的竟是女孩的脚。哎哟，我，我的镜子……女孩的墨镜也被我撞掉了，只听她娇诧一声，便急忙蹲在地上，到处摸索着自己的墨镜。那个墨镜明明就掉在她的前面，她却把桌子和椅子下面都摸了一个遍。那一刻，我分明看见，她那双美丽的大眼睛，是那样的空洞茫然。见此情景，我大吃一惊，心想，哦，原来她是个盲女。据我观察这个书吧，根本没有盲文书架，她看的也不是盲文书。一个双目失明的人，怎么会到书吧来看书？这也太不可思议了吧！

对不起，我太鲁莽了，没有看见你的……我忙帮她捡起眼镜，递到她的手中，不好意思地说。

没关系，也怪我没有听到你过来，把脚伸得太远了……

她十分歉意地说着，便戴上了墨镜，用手摸到了放在桌上的书，又继续坦然自若地"翻阅"了起来。

唉！这么漂亮的女孩，竟然是个瞎子，太可惜了。望着她那"煞有介事"的神情，我不禁感叹道。不一会儿，我找到了一本自己喜欢的书，找了一个僻静的地方坐了下来，很快就沉浸在读书的愉悦里。

不知不觉，黄昏已经降临，外面的风已经停了，书吧里的人也渐渐离去。就在我即将离开的时候，却发现那个女孩仍坐在那里，十分认真地翻阅那本书。

我情不自禁地走了过去，轻声地说，

姑娘，时候不早了，要不要叔叔送你回去？

不用，一会儿爸爸会来接我的。

哦，你经常到这里读书吗？

嗯，经常来，在家待着寂寞的时候就来。

可你的眼睛……你怎么读书啊？

我可以听啊！每当我听到别人的翻书声，和闻到这些书香的时候，就像回到在学校上课的时候一样，心里感到特别的幸福舒畅。

那你的眼睛？

我十五岁那年得了脑瘤，双目失明了。我失学在家后，心里特别的苦闷，所以就经常到这里听书、闻书——重温那些上学读书的日子。在我的心里，读书、翻书的声音就是世界上最美的声音；这些书所散发出来的香味儿，也是世界上最美的香味了。如果我的眼睛还能复明的话，我一定要读好多好多的书。女孩说这话的时候，仿佛已经回到了过去，神情特别的兴奋痴迷。不过，转瞬就变得没落惆怅了起来。

别难过，你的眼睛会治好的，你还能够重新回到学校的。见此情景，我急忙安慰道。

谢谢叔叔。不过还好，我每次来，书吧的老板都会特别地关照我，而且从不收费。我爸爸说了，等他把我治病欠的钱还上，就给我开个书吧，那样我就可以天天听书、闻书了。女孩说到这里非常开心地笑了，笑得那么的甜美。

好，到时候，我天天都到你的书吧读书——给你捧场！

那一刻，我也不由自主地沉浸她的开心和甜美里。

◀ 项链

刘老太的心脏病病得很冤，比窦娥还冤呢，真的！窦娥还有老天鸣不平，可她却没有，她也只能哑巴吃黄连。

今年十一长假，儿子、儿媳带着孙女去旅游了，留下刘老太一人看家。家中别无牵挂，第二天早晨，她就睡了个自然醒，一睁眼已经天光大亮。她胡乱地吃了点东西，就出了家门。想去小区的休闲广场，活动一下筋骨。

她出了门没走几步，就发现楼梯边躺着一条白金项链，项链款式新颖，做工精美，还带着一个晶莹剔透的钻石吊坠。

谁的项链？谁的项链掉了？刘老太看见项链，急忙拾起。一边上下楼梯地看了看，一边大声地问？楼道内静悄悄的，刘老太喊了好几声，也没有回音。刘老太家住三楼，这栋楼共有六层，她估计这条项链一定是他们这个单元哪个女人丢的。怎么办？整个单元这么多家，如果挨家挨户地去问，是谁丢了项链，还不把我累散架了？不如在楼道口贴个告示，让她们到我家认领吧。刘老太想到这里，就转身回到家中，找了一张纸，在上面写道：今在本单元楼道内，拾到白金项链一条，有丢失者请到三楼东户认领。

告示写完了，她便把它贴在了一楼楼梯口的墙壁上。然后又回到家中，默默地等着失主前来认领。

刘老太这招果然奏效，一个小时后家里的门铃突然响起。刘老太从猫眼里往外一看，是楼上的张嫂，便急忙开门。门一开，张嫂就开门见山地说，大娘您是捡到一条白金项链吗？带着钻石吊坠的。是啊、是啊！我是捡到一条白金项链，喏，就这条，你看看是你的吧？对对对，就这条，我早晨一出去就发现不见了，在小区里找了好几圈，也没找到。这不，刚想回家翻翻，就在楼道口看到了您写的告示，俺就来了。谢谢您了，谢谢您……张嫂接过刘老太手中的项链，喜出望外地说。

不客气，是你的就好，以后小心点啊，进屋坐会儿，喝口水再走吧。

不啦，我还有事，改日再来看您。张嫂一边擦着额头上的细汗一边说，说完就告辞离去。

张嫂离开后，刘老太这才如释重负地松了口气，穿上了衣服，想再出去转转。她刚系上了衣扣，就听见门铃又响了。

来啦，来啦，谁啊？刘老太从猫眼里匆匆瞭了一眼，见是楼下的吴婶，便急忙打开门道，是他吴婶啊，你有事吗？

嗯，听说你捡了一条白金项链，是我丢的，把它还给我吧。

什么？你也丢项链了？可那条项链已经被别人认走了啊。

啥？你把我的项链给别人了？那可是我丢的项链，你赔我项链好了。吴婶阴着脸说。

项链我已经还给人家了，你让我拿啥赔你啊？再说，我那条项链是在我家门前的楼梯口捡到的，你家住在楼下，就是丢项链也丢不到楼上来吧？

项链是我早起去五楼老高家串门时丢的，难道我还骗你不成？你今天不把项链还我，我就跟你没完！吴婶不依不饶地说。

那你说说看，你那条项链是什么吊坠？

这……这白金项链自然是白金吊坠喽。吴婶一仰脸，挺了挺她那丰满的胸脯，自以为是地说。

错啦，我捡的项链不是这样的，你还是到别处找找吧！刘老太听了她的话，气得两手发抖，她"嘭"地一下关上门，坐在沙发上骂道，呸！什么东西，真是林子大了什么鸟都有！

这会儿刘老太再也没有遛弯的兴趣了，看了看时间已近中午，就直奔厨房准备做饭。她刚系上围裙，就听见门铃又响了。她开门一看，门口站着一个十分妖艳的女人。刘老太知道，她住在六楼东户，是个被人包养的二奶。这个女人虽然与刘老太也是老邻居了，但她走路时总是昂首挺胸的——仿佛似一个高傲的皇后，从不和别人搭话。今天这是怎么啦。莫非她……刘老太刚想这儿，对方已经发话了，听说你捡到了一条项链，是……

是的，我是捡到一条项链，可项链已经被人认走了。

啊？那是我丢的项链，你怎么给了别人？请你给我要回来好了。

想要，你自己去要，我没工夫！刘老太又被这个无理取闹的主给气哆嗦了。于是，便又嘭地一声关上了门，坐在沙发喘起了粗气……

那天下午，刘老太的门铃又接二连三地响了好几次，就连其他的楼道里的女人，得知刘老太捡到了项链，也编造各种理由前来认领。后来气得刘老太一听到门铃响，就心慌、心跳……

◀ 逃避

　　一个夏日的中午，天气阴沉闷热。刚参加完同学婚宴的王静，本想回家休息一会儿再去上班，但看看天气，又怕下雨，心想，还是直接去单位吧。拿定了主意，王静就骑着自行车直接来到局里。离上班的时间还有半个多小时，局里静悄悄的，只有外面树上的蝉声，使人感到心绪不宁。怕惊动了正在午休的收发室张大爷，王静就轻手蹑脚地直奔三楼自己的办公室。她刚走上三楼，就发现走廊尽头廖局长办公室的门开了，紧接着管文秘的小李像幽灵一般从里面闪了出来。小李头发凌乱，神色慌张。见了王静也没打招呼，便直接钻进了自己的办公室。这一发现，把王静吓得心惊肉跳，忐忑不安。整个下午王静都笼罩在一种诚惶诚恐的阴影里。

　　王静是一个性格内向，柔美娴静的女人，大学毕业后分配到她们县的水利局质检科当质检员。生性怯懦的她本来在工作中就谨小慎微、畏首畏尾的。自从发生这件事后，她就变得更加的唯唯诺诺、怕狼怕虎了。是的，她怕小李打击报复；怕廖局长给他穿小鞋。她恨自己为什么会撞见了人家的隐私，使自己终日陷入这种惴惴不安的境地里。

从那以后，她不敢和别人促膝谈心、也不敢和别人窃窃私议，更不敢正视小李和廖局长的眼睛。好像做了见不得人的事的人不是他们，而是她自己。每次开会时候，廖局长让她发言汇报工作，她都会吓得低着头不语。实在躲不过去了，她就硬着头皮说，我没什么说的。她说话时的声音简直就像蚊子，脸也红得像柿子。她的样子引得众人纷纷向她投来好奇的目光，吓得她恨不能找个耗子洞钻进去。相反，等廖局长让和王静在一起工作的质检员孙焕发言时，她却能落落大方地、侃侃而谈。并且她还把她们两个人的工作成绩都据为己有，不但受到了廖局长的表扬，而且赢得了同事们的重视和好评。

不久以后的一天，在王静和孙焕一起去临县参观学习的时候。孙焕不小心把公章弄丢了。回来以后，她就倒打一耙——跟廖局长说公章是王静弄丢的。廖局长听了孙焕的汇报非常生气，就狠狠地批评了王静一顿，还让她回去之后就写检查，让她在全体同事的面前做检讨。廖局长的决定把王静吓得得了一场大病，在家病了一个多月才敢上班。

上班的当天，王静就被廖局长叫到了办公室。等她小心翼翼、战战兢兢地站在廖局长的办公桌前时，就感到廖局长的目光仿佛要把她生吞活剥了似的。吓得王静怯怯地一连倒退好几步，直退到门口才止住脚步。而廖局长呢，就像猫捉老鼠似的，居高临下地坐在办公桌后的转椅上，兴味盎然地把羞窘不安的王静赏玩了一个够。才慢条斯理地说，我又不吃人，你躲那么远干吗？病好吧了？我让你做检讨，你就病了，你的病来得挺及时呀。你以为你病了，我就能放过你吗？丢了公章是什么性质你知道吗？那就等于是当官的把印丢了。检讨写好了吧？说话呀！见王静不吱声，气得廖局长猛地提高嗓门厉声吼道，把王静吓得眼泪都快流下来了。她强忍泪水，定了定神，怯怯地说，廖局长，检查我写好了，现在就交给您吧。只，只是请您不要让我在大会上做检讨好吗？当着那么多的人，我……我不敢，我害怕。王静说着，把头埋得更深了。自打进了办公室，她就没敢正视廖局长的眼睛。

啥？你不敢？你不敢就有理了？做错了事还想逃避责任。我就从来没有见过像你这么胆小的女人，说个话都害怕。见王静不言声，廖局长又沉吟了良久才说，这样吧，如果你不想做检讨也行，那你就让我抱一抱，亲一亲吧。其实，我早就喜欢你了。说着，就瞪着两只色迷迷的眼睛，从办公桌的后面走了过来，一步步地逼向王静。把王静吓得一转身，便拉开办公室的门就跑。廖局长扑了一个空，气得像一只恼羞成怒的老虎，在办公室里直打转。

第二天，他就收到了王静的辞职书。

时隔不久，就听到单位里有人说，王静摆了一个早点摊，卖起了早点。据说还听红火。

第二辑

爱非爱

◀ 解闷

早晨上班的时候，我刚走到国税局的办公楼下，就听见天上有飞机行驶的声音。我情不自禁抬起头，向天空中望去。只见一架银白色飞机拖着一道洁白的雾线，眨眼就消失于我的视里里。就在我恋恋不舍地想把视线收回的时候，却发现国税局办公大楼的楼顶站着一个人。那个人戴着一副墨镜，穿着一件白色的体恤衫，一条蓝色的牛仔裤。在清晨的阳光下显得格外的耀眼。国税局的办公大楼虽然很高，但由于站得近，又是在光天化日之下，我还是一眼就认出那个人就是我们局里的丁小光。

几年前丁小光从部队转业后，被市国税局分配到了一个乡村税务所工作。这个村子不大，税务所也没有几个人。精明强干的丁小光很快就掌握了税务所的所有业务——工作起来不但得心应手，而且也积极认真。所里那些老同事都非常喜欢他，所长也格外地器重他。不管有什么尖端的业务，都交给他处理。一时间，把小丁忙得不亦乐乎，生活也感到格外的充实。

小丁这么优秀，介绍对象的人自然也不少。不久，负责传授他业务的师傅，就给他介绍了一个对象。女孩活泼漂亮，在村里的卫生所工作。两个人见面以后都非常满意，很快就确定了恋爱关系。这下可急坏了小丁的老妈、老爸。小丁的父母都在县城工作，家也住在县里。本来他们对小丁被分配到乡下工作，还得住在单位，就感到牵肠挂肚、寝食不安的。这回听到小丁又在村里找了对象，便愈加的寝食不安了。于是，他们就想方设法的通过关系，把小丁调回了县国税局，在我们所工作。不但如此，小丁的妈妈，还给那个女孩打了个电话，说自己不同意这门婚事，让女孩死了心吧。

我们局里本来就超编，有时候，领导索性就给我们放假，让我们轮流在家休息。小丁来了以后，就分到了我们办公室，和我们这些老业务员一样，整天闲着，没事可做。加上小丁刚刚失恋，所以就变得抑郁寡欢。在局里虽然小丁的年龄最小，但却很懂礼貌，嘴也很甜。平时一见到我们这些老大姐，就徐姐、王姐——张口闭口地叫着。可是，当他一看见我们这些女的聚在一起，东家长西家短地闲聊时，就躲在办公室的角落里，默默看地看报纸或扣手机。

刚开始，他看见我们在局域网上玩连连看的时候，还会饶有兴趣地站在旁边指点指点；看见我们绣十字绣的时候，也会凑过来看看；甚至于抢过去绣上几针。时间久了，无论我们做什么他都退避三舍，即使我们在一起闹开了锅，他也无动于衷。

最近一个多月，我发现他愈来愈沉默寡言了，还时常站在办公室的窗前，望着窗外发呆。作为老大姐，看着小丁每天都闷闷不乐，无所事事的样子，我也觉得他非常可怜。

一天，趁无人之机，见小丁无精打采的样子，我就故意的逗他。

小丁，你最近咋的啦？怎么每天都垂头丧气的？是不是又失恋了？

咋的了？郁闷呗。徐姐您有所不知，自从调到咱们这里，我都快郁闷死了。我们虽然是业务员，却没有业务可办，整天这么闲着，一点也得不到锻炼，您说我能不苦闷吗？这简直就是浪费生命。再这样下去，我就得疯了。小丁望着我神情迷茫地说。

你这傻小子，没业务你就待着呗，工作轻松点还不好？真是身在福中不知福。无奈，我只好这样开导他。

唉！燕雀焉知鸿鹄之志？和您说您也不明白。见我不能理解他的烦恼，小丁深深地叹了口气，神情愈加的没落了。

这会儿，我见小丁居然爬上了楼顶，就忽然想到，一定是他想不开了，想跳楼自杀。于是，便立刻拨通了他的电话，喂，小丁，我是你徐姐，你跑到楼顶上干吗？你不会是想不开要做傻事吧？快点下来，上面太危险，你再不下来，我就给你的父母电话啦——要不然我就给110打电话。小丁听了我的电话，就站在楼顶俯瞰着我说，哦，徐姐，我看见你了。没有，我没想自杀，我上来只是想看看风景解解闷罢了。我经常上来，只是你们没发现而已。我要是想自杀，早就跳下去了。即使我想跳楼也不会有人发现的，直到今天我才知道自己有多么的微不足道——

小丁说完，就收了线。那一刻，我仰望着站在高高的楼顶，仿佛遗世独立的小丁，腿都吓软了。

◀ 拔牙

每天，每天的清晨，吴老太都会对着镜子，望着自己那一口整整齐齐的牙发愁。自己都七十多岁了，可牙齿没有一颗动摇的，都能吃炒豆。这不是福是祸，这会咬断后代的根。这不儿子在城里打工回来给她带来的那个"洋媳妇"，进门已经七年了，还一直不开怀，连孙子的影都没有呢。牙齿和孙子就有这种必然的联系，村里人都这样说，自古就认这个理。

"哼！老东西……老不死的，都快成精，她咋不就一跟头摔掉几颗牙呢？"

"真怪了，草驴老了还掉牙哩，可这……"

儿子、媳妇经常这样诅咒抱怨她的牙齿，她就这样在他们对自己牙齿的愤恨和不满中惶惶不安的过着日子。

吴老太也恨自己，因为她更盼孙子，盼得越切，恨得就越深。二十岁时就守着儿子熬寡，为的啥？还不是就为了留下这条根，难道自己真要活活的把这条根咬断了吗？那可是绵绵不绝的根啊！想到这里，她就恨的把牙咬得吱吱地响，真恨不能把它们咬下来几颗才甘心。

"娘，你还是搬到咱家的老屋自己过吧，等兰香怀上了你再回来。人家都说你的牙妨孙子，你不能眼看着咱家绝后吧？"

这不半年前在媳妇的鼓动下，儿子终于翻脸无情把她给撵出来了。可是她已经出来这么长时间了，怎么还不见媳妇怀上呢？孙子……孙子你到底在哪呢？想孙子就恨自己，更恨自己的牙。恨自己的牙她就又开始咬，吱吱地咬，反复地咬。可是咬来咬去，咬得嘴巴直发酸，那些牙齿也没有一点摇动的意思。

"啪！"吴老太终于按捺不住了，她把镜子往地上一摔就走出了家门，直奔村头的那个牙医家走去。

"您老那颗牙痛？"

"不痛、拔牙。"

"好好的牙为啥要拔？"

"为孙子！"

"……"

就这样，在吴老太的一再坚持下，她满口的牙便都被斩草除根了。

"拔了……"

当她捂着自己的腮帮子路过儿子家的时候，就冲着正在门前树阴下摇扇子乘凉的儿子，含糊不清地说了一句。儿子先是一愣神，半晌才恍然大悟地从凳上弹了起来，掉头就往家里跑，边跑还边喊：

"拔了！拔了……"

看着儿子手舞足蹈的背影，吴老太的心里终于一块石头落了地。孙子、孙子，她仿佛已经看见了孙子的笑脸。

从那以后吴老太就天天地喝粥盼孙子。可是由于没有了牙齿胃口越来越差，原本多病的身体也变得更加的虚弱了。

中秋过后，吴老太病倒了。一天，她拖着虚弱的身体，到一家门诊看病时，远远地就见儿媳兰香也从门诊走了出来。

她怎么也来？莫非是有了。吴老太心里一阵惊喜，顿时精神了许多。

"大夫，我问你一件事行不？"

"啥事？你哪里不舒服？"

"我的病，一会再说，刚才来看病的那个女的是我的远方侄媳妇，她是不是怀上了？我那老嫂子盼孙子都快盼疯了。"

"你说她呀，她以前做的人流次数太多，也许不能生育了，在我这看了好几年也没有怀上，听说她以前在城里做过小姐……"

"天啊！我的牙啊……"

吴老太听了，一声悲呼，瘫倒在地。

◀ 斗富

星陨月残，晨雾未散。一大早，京巴狗和蝴蝶犬就在丽明小区的休闲广场上相见。

李嫂，你也来遛狗啊？

是啊，如今咱们当保姆的越来越难了，既要伺候人，又得伺候狗。

其实咱活得还不如这些狗呢。

唉！没办法，谁让咱命苦呢……京巴狗的主人魏婶打着哈欠，与蝴蝶犬的主人李嫂打过招呼，两个人就快快不快地牵着狗，伸着懒腰，睡眼惺忪地坐在广场上的长椅上发起牢骚。

京巴狗一见漂亮的蝴蝶犬，两眼顿时一亮，忙摇头摆尾地凑了过去兴奋地说，嗨，早晨好，蝴蝶妹妹。

蝴蝶犬睐了睐眼睛，扭扭捏捏地应道，早晨好，京巴哥哥。京巴狗看到蝴蝶犬那娇羞的样子，愈加的兴奋了——一条灵活漂亮的尾巴几乎摇上了天。

唉？好香啊，你擦了什么东西这么香？京巴狗刚凑近蝴蝶犬就闻到了一股浓郁的香味儿，于是便好奇地问。

哦，主人昨天带我到宠物美容院，给我做美容洗澡了，用得全是美国产品，做一次得花一百多元，能不香吗。

难怪你今天这么漂亮，真羡慕你。我主人只让保姆在家里给我洗澡。

这算什么，我主人可是本市最大的房地产开发商。我平时吃的用的基本上都是进口的。

其实我主人也不简单，他养了两三个情人呢。

你主人不就是一个小小的税务局局长吗？怎么能和我主人相比呢，我的主人情人多了，光给情人买房子就买了五六栋。他很少回家，我的女主人也不敢管他。怕管不了，再被休了，反正我主人也不缺她钱花，她乐不得当一个人人羡慕的阔太太呢。

嗯，我的女主人也一样，我的男主人经常夜不归宿。她每天都失眠，半宿半宿地睡不着觉，还偷偷地哭。可是当着主人和别人的面，她还是装出一副若无其事的样子。说到底，不就是舍不得局长夫人这个位置吗。唉！做女人真不容易啊，尤其是做有钱人的女人。

是不容易，做有权有势男人的太太不容易，做他们的情人更不容易。我主人第一个二奶，给他生了儿子以后，得了严重的妇科病，我主人就像扔抹布似的把她甩了。别人听说她做过二奶，谁也不愿娶她，直到现在她还带着孩子，孤苦无依地生活呢。蝴蝶犬神色黯然地说。

我主人的第一个二奶也早就被他甩了，主要是因为她耐不住寂寞，背着我主人又偷养了一个小白脸。刚开始，别人告诉我主人的时候，他还不相信。有一天，我主人故意以遛狗的名义，瞒过女主人，一大早就带着我来到了他第一个二奶家里，正好把他的二奶和那个小白脸捉奸在床。从那以后，我主人就再也不包二奶了，只找情人——那种呼之即来，挥之即去的情人。用我主人的话就是，女人如衣服——随时更换才有新鲜感。京巴狗很得意地说，那神态好像不是在说主人，而是在说自己。

嗯，其实，男人没有一个好东西，各个都是朝三暮四的色狼。他们有点钱就开始玩女人。有的时候，他们对待女人还真不如对待我们呢。曾经有人要出两万快钱买我，我主人都不卖。你猜他说啥？当时他抱着我又摸又亲地说，我才不卖呢，我又不缺钱，你才是我最心爱的宝贝呢，你比我那些情人强多了。我的那些情人们，别看表面对我千依百顺的，背地里没一个对我衷心的。她们对我柔情蜜意、投怀送抱的还不是为了我的钱……蝴蝶犬也自鸣得意地说。

它们正你一言我一语地说着，就听魏嫂在叫京巴狗。

贵贵，快走吧，别玩了该回家了，呵呵……你别说这两只狗还挺亲热。

嗯，天天见面都混熟了呗，时候不早了，我们也该回去了，回去还得做早餐呢。贝贝，贝贝，走，咱也走喽……李嫂也吆喝起了蝴蝶犬。

于是，这两条聊得热火朝天的狗，便在主人的牵扯下，恋恋不舍地分了手。

让京巴狗万万也没想到的是，那以后，它再也没见到贝贝。

一年后，当京巴狗的主人因贪污受贿被判，它也被女主人牵到狗市上，准备拍卖的时候，又遇到了枪毛枪刺的蝴蝶犬。

是你吗，蝴蝶妹妹？你怎么变成了这副模样？

望着蝴蝶犬皮干毛焦的样子，京巴狗惊异地问。

别提了，自从我主人因行贿罪被抓，我已经换了三个主人了。这不，现在的这个主人又养不起我了……你这是？

唉！我也和你一样，咱们可真是同病相怜啊！

◀ 哑谜

听到孙永辉的死讯，张利心里一阵窃喜。多年来的冤家对头终于死了，他的心里就像搬掉了一块石头那样轻松。

孙永辉是柳河公社的党委书记，张利是他的副手。他们一起共事多年，张利一直非常妒忌孙书记的业绩和才能。时常发出那种既生瑜何生亮的感叹。他知道只要孙永辉在，他永远也坐不上一把手的交椅，尽管他对这个位置早已垂涎三尺。

文化大革命一开始，张利就暗自寻找扳倒孙永辉的机会。

机会终于来了，那是个阳光明媚的午后，张利和孙书记正在办公室里闲聊，突然有人来报，不好了，孙书记，有人想跳烟囱自杀啦，你快去看看吧……

孙书记一听，便和张利带着人匆匆地赶到了现场。

自杀的正是几天前被打倒的"特务"刘安庆。红卫兵说他是许世友的远亲，还经常在家偷听敌台。他被打倒了以后就以为永远也站不起来了，便产生了自杀的念头。于是，那天就趁看守不注意，偷偷地爬上了陶瓷厂的大烟囱。他爬上烟囱以后并没有马上跳下来自杀，而是在上面高唱东方红，大海航行靠舵手……

他的歌声引来了不少看热闹的人们。他的老婆孩子也闻讯赶来了，跪在烟囱下面鼻涕一把泪一把的哭成了一团。孙书记他们的到来立刻引起了一阵骚乱，继而便是一片肃静，所有人的目光都投向了他，连烟囱上面的那个人也停止了歌声。只见高大魁梧的孙书记往烟囱下面一站，仰起头冲着上面高声地喊道，刘安庆，你相信不相信党？你相信不相信革命委员会？他的声音犹如晨钟暮鼓，既高亢嘹亮，又有威慑力。

相信！刘安庆一听这话便毫不犹豫地回答。

你如果相信就快下来吧。孙书记的话果然奏效，刘安庆真的就乖乖地下来了。孙书记的威望，再一次激起了张利的妒忌。于是，他就暗地里通知红卫兵，说孙书记是个保皇派，和特务串通一气。红卫兵们听了他的举报，便立刻把孙书记抓了起来关进了牛棚，孙书记被打倒了以后，张利便顺理成章地坐上了正书记的位置。

为了永除后患，他还勾结红卫兵头子开批斗会，强行逼迫孙书记供认勾结特务，偷听敌台，私藏发报机等反革命罪行。可无论他们怎么逼迫，孙书记对这些莫须有的罪行就是拒不招认。

为了达到目的，张利只好亲自到牛棚逼迫孙书记认罪。

在一个阴森狰狞的夜晚，张利捂着鼻子来到了阴暗潮湿的牛棚。他看着早已被他们折磨得蓬头垢面，形容憔悴的孙书记，嘿嘿一笑，阴阳怪气地说，想不到你也有今天，怎么样？还是招了吧，看在咱们共事多年的情分上，我会放你一马的。

呸！你就死了这条心吧，你们就是打死我也不会招的。其实孙书记，早知道这一切都是他暗中搞的鬼，就冲着他的脸死劲地啐了一口吐沫，气愤地说。

你别不识好歹，我也不打你，也不骂你，我就活活地饿着你，看你说不说。张利用手一抹脸上的吐沫咬牙切齿地说。

你就是饿死我，我也不会屈服于你这个小人的。孙书记一瞪眼睛轻蔑地说。

好好好，那咱们就走着瞧，看到底是你硬还是我硬。

面对着孙书记那坚强不屈的目光和铿锵有力的答复，张利只好灰溜溜走了。

从那以后，他们果然断绝了孙书记的饮食。就这样，刚强忠义的孙书记真的被他们活活地饿死在牛棚里。

听说孙书记死得很惨，最后饿得只能吃自己棉袄里的棉花充饥，死了以后嘴里还噎着一块棉絮。

孙书记死了，春风得意的张利着实高兴了一阵子。可他高兴得太早了。几年后他却发现都快三周岁的小孙子还不会说话，经医生检查原来是个哑巴。

张利家祖孙三代一脉单传，既然孙子是哑巴，那就再生吧。可是儿媳按照他的意思又生了一个女儿还是哑巴。这种状况，让张利感到非常的晦气沮丧。

张利的老婆非常迷信，为了解开这个谜团，她就提议找了一个算命先生算算。

算命先生来了，先是煞有介事地看了看他家的风水。就扳着指头，眯缝着眼睛掐算了半天，便猛然一睁眼睛，念念有词地说，因果报应，家门不幸啊，你们家曾经有人把人害得吃棉花活活地噎死了，所以孙男娣女才会出现哑巴的。

张利一听这话，大脑顿时一片空白。

◀ 多情

一天，下班后，我刚走进小区，就被一个美女给吸引了。美女穿着时尚，俏脸若丹，秀发如瀑，体态轻盈，身姿曼妙。当她轻烟一般地从我身边飘过的时候，我不禁看呆了。心想，这哪来的美女，我怎么从来没见过呢。随着她的飘过，我嗅到了一股淡淡的香味儿，这香味清新淡雅，沁人心脾。我不由得醉了——就在我为之倾倒，为之陶醉的时候，她身后又闪出一只漂亮的京巴狗。那条狗身材短小，毛色如雪，纤尘不染，活泼可爱。这一人一狗犹如一道美丽的风景线，使我顿有一种眼前一亮，通体透明的感觉。

就在我意乱情迷之际，美女已经飘到了我住的那个单元的楼道口。莫非她也和我住一个单元？如果是，一定是新搬来的。想到这里，我一阵窃喜。不由得加快了脚步。

贝贝，贝贝，快走……

美女走到楼道门口，回头唤了一声狗，果然向楼上走去。看

第
二
辑
　
爱
非
爱
·

来是让我猜着了，她还真和我住一个单元，不会是串门的吧？看样子不像，串门的不会走着来吧。我胡思乱想地跟着她一路向楼上走去，眼睛始终也没有离开她那窈窕的身姿。

停了——她走到三楼的时候，就停在了301的门前，掏出了钥匙，打开了门走了进去。

贝贝，进来，快进来……她进去后又转身唤了一声狗，恰巧与走过这儿的我打个照面。于是，我故意搭讪道，这小狗真可爱，刚搬来的吧？

嗯，刚搬来的，你家也住这个单元？她礼貌地颔首，笑着问。她的笑容那么灿烂，竟让我产生一种晕眩。

是的，我家就住在楼上，402，有事你说话。我不敢正视她那如花似玉的容颜，只是盯着狗慌乱地说。

美女没再言声，微笑着点了点头，就随手关上了门。望着那扇冰冷的防盗门，竟让我产生一种莫名的失落和怅然。

哎，咱们楼下又新搬来一家，今天下班的时候，我正好和那个女的打个照面。你别说，那个女的还蛮漂亮的哩。晚饭后，闲聊的时候，我对妻子说。

你就对美女感兴趣，无聊。妻子一撇嘴说，一副醋意浓浓的样子。我没想到妻子的反应这么强烈，看来我有点露骨了，便把话题岔开了。

尽管这样，我始终对那个美女念念不忘，并为今后有这样一位芳邻而感到窃喜。

从那以后，我每次看见那个美女都主动与她搭讪，为了讨的她欢心，还经常逗她的小狗，和它套近乎，并常把买来的面包、火腿肠……随手扔给它。

那天我下班比较早，就先去市场买了一些食品和蔬菜，想回家表现表现。

刚走进小区，正好和我芳邻碰个正着。那只京巴狗一见到我就摇头摆尾地迎了上来，围着我身前身后地转——由于我经常给它好吃的，所以它和我特别亲近。我也明白它的意思，正想再给它扔点东西呢，忽然迎面来了一辆自行车，我下意识地往后退了一步，正好踩在京巴狗的脚上，京巴狗吃了一痛，张口就咬了我脚背一下。我的脚背上立刻就出现两排鲜红的狗牙印，鲜血立刻就涌了出来。

这死狗，怎么咬人哪？不好，出血了……你，你赶快去包扎一下，如果需要打狂犬疫苗费用我出。见此情景，美女忙深表歉意地说。

没事，没事，不用了，我先把东西送回家，再去处理一下。我忙用手捂住脚背苦笑着说。说完，我就强忍着疼痛，装出一副若无其事的样子，大踏步地向家走去。

要不，我打个电话，让我老公陪你去吧。

美女很不安，跟在后面很愧疚地说。

不用，不用那么麻烦了，一点小伤何必兴师动众呢。

我再次拒绝了她的好意，并为她的热情和关心而感到温暖。

怕被妻子发现，我把东西送回家，就立刻跑到附近一家诊所处理了一下伤口。伤虽然不重也没有出多少血，但必须得打狂犬疫苗。尽管费用不多，可也得跑好几个星期的医院，为此我也感到非常的沮丧，也恨自己的自作多情。

妻子发现我受伤了，就寻根问底，我怕她多心，便说是自己不小心碰伤的。

有天晚上，妻子一进家就指着我鼻子嚷。

好啊，我发现你现在跟我越来越离心离德了，我们同事说今天看见你到医院去打针了。你病了，我咋不知道？你有病为啥瞒着我，你不会是得了什么见不得人的病吧？

别胡说，我哪有什么见不得人的病，我是……

我没想到这事竟然产生这么大的误会，只好跟媳妇坦白了。

好啊，这家人也太没素质了吧？她家的狗把人咬伤了，连个表示也没有，我找她去……

妻子闻言，便柳眉倒竖，杏眼圆睁地喊道，然后，转身就冲出门去……

这回，我也彻底傻了眼，没想到多情居然会惹出这么大的麻烦……

◀ 阴婚

  阵阵清风吹过，袅袅的炊烟伴着清晨的第一缕霞光，把小山村的早晨点缀得如诗如画。随着几声鸡叫，农家院里的飞禽走兽也随之欢腾了起来。男人走屋来站在门前伸了伸懒腰，深深地吸了几口早晨的新鲜空气。然后转身回去拽来一条板凳坐在灶房的门口点上手里的旱烟，一边"吧嗒，吧嗒"地抽着。一边催着正在忙着添火做饭的老伴：

  "娃他娘，饭快得嘞吧？俺急着下地哩。"

  "莫急、莫急，马上就得嘞。俺今天起来晚了，昨天夜里又梦见咱娃哩。"

  "俺听见你做梦哭哩，咱娃说什哩？"

  "还能说什，他说很想咱们哩，还说在那头好寂寞，好孤单哩……"

  "……"

  "娃他爹，咱娃好可怜哩，死得那么早，如今也该给他成个家哩。你就忍心让他在那头打一辈子光棍儿？……"女人说着说着用袖子抹着眼睛抽泣了起来。

"再说你没听人家说嘛？谁家坟茔地里有孤坟，谁家就会家业不兴，家宅不安的哩。"

"知道哩，我不是没打听过，可是现在阴婚不好找哩。年轻的女娃死的少，除了横死的，现在有几个横死的哩？唉！慢慢来吧。"

"你去跟'媒人'说，咱多出彩礼，让他给咱好好说门亲事。"

"得嘞，你莫哭。我吃完饭就去办……。"

男人急急忙忙赶回来时已经中午了，他一边端着水瓢大口大口地喝着凉水，一边对正在做饭的女人说：

"娃他娘，婚事定得嘞，就是彩礼多了点，六千快。"

"六千快？怎么要那么多的彩礼哩？哪的女娃？"

"这还是少的哩，人家本来要八千哩，我说了半天的好话才答应只要六千。"

男人说完把水瓢往缸里一扔，用袖子抹了一下嘴和脸上的汗水喘了一口气接着说：

"我不是和你说过嘛，现在的阴婚不但难找，而且和阳婚一样不少花钱。"

"女方是哪的？咱得亲自相亲（验尸）哩。"

"那还用说嘛，不过就是远了点，蓝河县靠山屯的。其实这样也好，对咱有利。'媒人'说了，等闺女过了门以后就不用再走动哩。"

"得嘞，六千就六千，只要咱娃在那头活的安生就行，大不了咱把牛卖了。"

"既然你同意了，我明天就和'媒人'说去，准备订婚、完婚。"

"好！这回我可放心了，咱娃在那头也不孤单哩，咱家也就安宁哩。"

就这样，男人和女人按照当地的阴婚习俗，为早逝的儿子举行了阴婚仪式。自从了了这桩心愿女人的心里甭提有多高兴了，逢人就说：

"俺娃这回真安生哩，也不托梦回来闹人哩。"

可是女人高兴的有点太早了。

两年以后她家坟茔地所在的那座山，因为被地质勘探队勘察出来了矿石。便成了开采矿石的矿山，铺天盖地的采矿大军，大有把整个山都挖空之势。为了确保主坟的平安，男人只好决定挪坟了。

没曾想，他们在打开"儿媳妇"的坟墓，捡"儿媳妇"尸骨的时候。却发现"儿媳妇"的棺木里除了一个狗的骷髅头和几个狗的大腿骨之外，其他的全部都是破砖头。男人和他的女人被这意外的发现弄得瞠目结舌。

"我的天哪，咱的"儿媳妇"原来是条狗啊。娃他爹，你是怎么相的亲啊？"

女人惊愕了半晌终于忍不住地瘫坐在坟前，号啕大哭了起来。

"娃他叔，你看这事闹的，你当初不是"相亲"了吗？"

男人的哥哥忍不住在一旁问。

"是呀，我当时亲眼看见的是一具女娃的尸体，怎么现在就变了呢？"

"那还用说，一定是"媒人"背后做了手脚。这些人为了钱什么事都能干得出来，你现在还能找到那个"媒人"吗？"

"都这么长时间了，上哪去找啊，当初也是托熟人找的"媒人"哩。"

"我的可怜的娃啊，原来这些年你是跟狗过的日子啊……。"

"唉！造孽啊！这也太坑人了，我花了六千元钱买了一堆狗骨头。男人望着哭天抹泪的女人，捶胸顿足地说……

女人的哭声和男人的叹息声在山谷里经久不息……

◀ 送终

　　"砰砰砰"一大早，徐莉莉家的门铃就被敲响。这谁呀，不懂礼貌，也不按门铃，搅得四邻不安的。听到敲门声，正准备上班的徐莉莉边开门边想。好啊！你这个狠毒的女人？你到底按得什么心？好好的，你为什么给我家送钟啊？害得我女儿死于非命？门一开，只见王局长的夫人两眼通红地扑向徐莉莉，劈头盖脸地就厮打她，边打边不停地骂。徐莉莉被这突如其来的状况弄得措手不及，只是极力地躲闪着。住手！嫂子，你这是怎么了？有话慢慢说，别动手打人啊！徐莉莉的爱人见此情景，忙上前解围。啥？慢慢说，我女儿让她咒得连命都没了，还慢慢说？今天我跟她拼了，你赔我家丹丹！王夫人不但没有住手，反而闹得更凶了——就像似一只母老虎。你女儿死了关我哈事？凭什么找我拼命？有爱人拦在前面，不明所以徐莉莉趁机问？死娘们，都什么时候了，你还装傻啊！你给我们家送十字绣，为什么不绣别的，非得送个钟？这送钟不就等于"送终"吗？如今果真把我家丹丹的命送没了，我不找你赔命，找谁赔命？天啊，我那苦命的丹丹呀？王局长的夫人说着，便一屁股坐在徐莉莉家的地上，捶胸顿足地号啕了起来。听了王夫人的话，一时间，夫妻两竟不知如何辩解，只能望着呼天抢地的王夫人，不知所措地呆立在那里。

其实，在卫生局做打字员的徐莉莉是个心地善良、心灵手巧的女人。如今时兴十字绣，不知不觉她单位的女同志也一同卷入了绣女的行列。她们越绣越上瘾，越绣越着迷，有的简直到了废寝忘食的地步了。她们绣完了小的，绣中的，绣完了中的，绣大的——绣完了龙凤，绣山水，绣完了山水，绣花鸟——给自家绣完了就给别人绣——谁家有什么喜事，她们就用自己绣的十字绣做贺礼。有的还甚至于拿自己的十字绣去出售，借以捞取外快。由于徐莉莉的绣工特别的好，所以她的十字绣也深受大伙的喜爱。

卫生局的工作本来就不忙。刚开始，面对单位里那些飞针走线的女同志，王局长也只是睁一只眼闭一只眼。心想，只要不耽误本职工作，绣就绣吧，反正闲着也是闲着。后来见她们越来越肆无忌惮了，便旁敲侧击地说了她们几次。

哎，姐妹们，我觉得王局反对我们绣十字绣，并不是真反对，而是嫌我们没给他绣了。听说他要乔迁新居了，我们不如就给他绣几幅十字绣做贺礼吧？受到批评后和徐莉莉一个办公室的小李竟想到了这层，便自鸣得意地提醒着大伙儿。对呀，对呀，我们给这个绣给那个绣，咋就没想到给王局长绣呢，难怪他生气。这回我给他绣副富贵牡丹，这个我最拿手了……我给他绣个摇钱树，我给他绣个……大家伙听了小李的话便纷纷附和着。唉！好东西都让你们绣了，那我绣什么呢？徐莉莉也觉得小李说的话在理，便在一旁叹着气说。你呀，你不管绣什么都比我们绣得好，绣什么你就自己拿主意吧。小李见徐莉莉也赞同她的意见，就故意奉承道。

结果徐莉莉果真按照自己的意愿，别具匠心地绣了一副精美的十字绣钟表，在王局长乔迁新居的那天，和单位的姐妹一起送到王局长的府上，以贺乔迁之喜。

由于接到的贺礼太多，王夫人就把它们放在了一起。过后王夫人想选几幅十字绣装饰屋子，便一眼看中了徐莉莉的绣的钟表，就把它挂在了客厅。其实，王夫人和徐莉莉一样，并不知道有送钟就如同'送终'的说法。

直到有一天王夫人的母亲到王局长家串门，她看到了那个时钟，才不安地问，这个表是你自己绣的吗？

不是，是老王单位那些女同志绣的，怎么啦？

哦，如果不是你自己绣的就赶快摘下来把。你没听说送钟不就等于"送终"吗？不吉利，民间早有这种说法，所以人们送礼从不送钟，这个人不是故意的就是不懂。王夫人听了我母亲的话，心想，这些老人们真迷信！或许那个送钟的人和我一样不晓得还有这种说法吧，就将信将疑摘下了那个钟表。

随着时间的推移，王夫人就慢慢把这件事淡忘了。

没承想，昨天晚上王局长的女儿在下班的路上遇到车祸，惨遭不幸。悲伤之余的王夫人，忽然想起了那副十字绣，便一口咬定这个"送终"之人没按好心，就刨根问底地追究了起来。她给当日来送贺礼的几个女同志分别打了电话，经过核实得知那个十字绣是徐莉莉送的。于是，今天一大早王夫人就凶神恶煞地找上门来。徐莉莉万万没想到，自己好心好意送的十字绣，竟能闯下滔天大祸，简直把肠子都悔青了。

◀ 跳槽

　　早晨，陈明起来拉窗帘的时候，不经意地看见了王华正在楼下散步。这一发现，使他不禁又想起了徐玉瑶。徐玉瑶是王华的妻子。这次公司组织员工出来旅游，允许大伙带家属，王华就带着妻子来了。陈明虽然是王华的顶头上司，但还是第一次见到徐玉瑶。如惊鸿一瞥，没想到这第一次见面，轻盈艳丽的徐玉瑶就把陈明的魂给勾走了。整个旅游期间，陈明根本就没有心情看风景，而是用眼睛不停地捕捉徐玉瑶的身影，并千方百计地与她接触和亲近。他觉得娇柔妩媚徐玉瑶，就是他眼中最美的风景。然而，这道美丽的风景，竟然搅得他食不知味、夜不能寐。

　　当他看见王华独自在外面晨练时，便不由得一阵窃喜。心想，这可是千载难逢的好机会呀！于是，他就迅速抓起西服，死劲地扯掉一枚扣子，然后就走出房间，来到王华夫妇住的房间前，敲响了房门。敲完门，他又将了将头发，正了正衬衣的领带，好像要接受领导检阅似的，紧盯着那扇冷冰冰的门，正襟而立。可是他等了半天，那扇门却一点反应也没有。陈明无奈，就抬起汗涔涔的手，又敲了两下。敲完之后，他便屏住呼吸，聆听里面的动静。门终于开了，只见徐玉瑶穿着一条粉红色的吊带睡裙，亭亭玉立地站在那里。他不由得看呆了，若不是玉瑶打破了沉默，陈明还会痴迷地沉醉下去。

陈总，您有事吗？

哦，我西服的纽扣掉了，我房间的针线包被我用茶水弄湿了，想借你们的针线包用一下。

看您说的，什么借不借的，你拿走好了，我们也不用。徐玉瑶边说边转过身去，拿起床头柜上的针线包递给了他。

可陈明拿着针线包，却没有走。而是紧盯着徐玉瑶那张如花似玉的俏脸，吞吞吐吐地说，我……我没有用过针线，求弟妹帮我缝一下好吗？望着陈明那贪婪的目光，玉瑶略一迟疑，便淡淡地一笑说，没问题，您先坐，我一会儿就得。说着就接过陈明手中西服，坐在了床边，缝起了纽扣。王华呢？陈明并没有坐到椅子上，而是站在玉瑶身边，明知故问地说。王华去晨练了，你坐吧。玉瑶见陈明从自己面前晃来晃去的很不舒服，就客气地说。说完，她就抬起头看了他一眼，这一看不要紧，她发现陈明正站在那里，居高临下地偷窥自己的胸部。由于穿着睡裙没有戴胸罩，自己的乳房便一览无遗地暴露在陈明的视线里。

你，你干吗？见他如此地放肆，玉瑶便腾地一下站了起来，情不自禁地用手捂住了自己的酥胸，望着陈明绯红着脸问。玉瑶的质问，不但没有让陈明有所收敛，反而撩起他心头欲火。只见他不顾一切地把玉瑶扑倒在床上，激动地说，我，我想干吗？我想干吗你还不知道吗？难道你就没看出我很喜欢你吗？宝贝，你就依了我吧，只要你依了我，我什么条件都答应你。来人呀，救命啊！陈明的突然袭击，让玉瑶感到羞愤至极。她情不自禁地迸发出这一歇斯底里的呼唤，便拼命地挣扎了起来。由于一时疏忽，陈明刚才进来时并没有关严门。玉瑶的喊声惊动了附近房间的同事，大伙儿闻声而至。见此情景，吓得陈明急忙放开玉瑶，逃之夭夭。

王华晨练回来以后，听说此事，也不顾玉瑶和同事们的劝阻，便找到了陈明，当面把他臭骂了一顿。一时间，陈总调戏员工家属的事，在公司里传得沸沸扬扬。陈明以前就是因婚外情，被妻子捉奸在床，并闹到了单位，颜面尽失，才从服装公司跳槽到食品公司的。为此妻子还和他离了婚，带着孩子走了。没想到他恶习不改，如今又闹出这种丑闻。旅游回来后，他觉得再也没脸在公司里待下去了。心想，还是跳槽吧，就凭自己精明才干，到哪不混个人样来——到食品公司后，我不也是只两年的功夫，就当上了副总了吗。于是他又故伎重演，应聘到了一家旅游公司，当起了一名普通职员。让人始料不及的是，他在这里尽职尽责地干了两年以后，还是得不到领导的赏识，这使他感到非常的失落，于是便决定再次跳槽。

有了这个想法，不久他又应聘来到一家烟草公司。

报道的那天早晨，他就被公司的老总叫到了办公室。等他敲门进去，一看坐在办公桌后面的老总却惊呆了，没想到这位老总竟是食品公司的王华。其实，当年王华也是因为陈明猥亵自己的妻子，才从食品公司辞职的。因为他觉得那件事虽然不是自己的错，但也不太光彩。

这会儿，见到了王华，陈明感到非常尴尬。还没等王华说话，他涨着猪肝似的脸，转身灰溜溜地走了。他一边走，还一边想，妈的，真是冤家路窄呀！老子再不济，也不至于混到给原来的下属当下属吧？更何况还有那段糗事。于是，他便决定再次跳槽！

◀ 年夜饭

　　黄昏的时候，外面飘起了雪花，稀疏的鞭炮声不断地传来。伴着一个清脆悦耳的二踢脚，娘抱着一大捆玉米秸走进屋来。她一边死劲地跺着粘在脚上的积雪，一边把手中的玉米秸添进了灶膛，一股刺鼻的浓烟慢慢地升腾弥漫开来，与锅里散发出来的水蒸气一起缭绕在厨房里。使这个原本就阴暗狭小的厨房，显得更加的阴沉昏暗了。娘剧烈地咳嗽了几声，愁苦而憔悴的脸上挂着几滴浑浊的泪水。

　　娘麻利地洗了一把手，掀开了锅盖，舀了一瓢沸腾的开水照着锅台后的那个小面人的身上狠狠地泼去，一边泼还一边念念有词：

　　"让你偷我家的钱，烫死你！叫你不得好死……"

　　娘每泼一遍我的心都随之战栗一次，娘泼完后从锅台边事先和好的面盆里抓起了一团玉米面，在手中飞快地团了团，再双手倒换着用手掌反复地啪嗒了几下，那团面就在她的手中变成了一个椭圆形的饼子，她随手迅速往锅边一贴。然后，再去盆里抓面……片刻之后锅里就贴满了一圈大小均匀的玉米饼子。不用说，这锅玉米面大饼子就是我家今年的年夜饭了，我深深地叹了口气，带着一颗懊悔不安的心转身走出了那个令人感到苦闷和压抑的家。

炮声越来越密集了，从邻居家飘来了一股炖肉的香味，我狠狠地嗅了嗅，便久久地沉浸在这久违的幸福之中了。我是多么想能够像往年一样吃上一顿有肉有菜的年夜饭啊，可是这么简单的幸福却因为我的过失而毁灭了。

事情是这样的：今年开春的时候，爹见家里住的这个年久失修的房子实在是不行了，就四处张罗借钱想再买一处住房。他好不容易东挪西凑的借够了二百元钱，像宝贝似的藏在了家中的箱子里。

说来也巧，还没等爹找到合适的住房，我却在上体育课的时候把班里的一个同学撞倒摔成了重伤。老师让我承担那位同学的全部医疗费，怕爹打我，我不敢告诉他们。可是让我去哪里弄那么多的钱赔偿人家的医疗费呢，无奈我只好偷偷地拿走了爹放在箱子里的二百元钱。

等家里发现那二百元钱不见了以后，就如同濒临了世界末日，娘哭天抢地骂了好几天，闹得四邻不安，就差报案了。最后不知道是谁给她出了一个主意，让她用面捏一个小面人，放在锅台后面。每天做饭的时候都用开水浇，边浇边诅咒人家，说用不了多久那个偷我们家钱的人就会得到报应的。这不，我娘从春天到现在每天三遍地浇，把那个面人都浇得面目全非了，也没有看见谁得到报应，可是她还是一如既往地坚持着。

雪已经停了，我迈着沉重的脚步漫步在街头，透过家家户户门前挂着的大红灯笼和门上贴着的春联，我仿佛已经看见这些人家里，那一张张幸福的笑脸。这些脸与我娘那张愁苦而憔悴的脸，形成了一个鲜明的对比，反复地交织在我的脑海里，让我感到异常的痛苦和不安。

不知道转悠了多久，我才从人家放过的炮屑里，找到了几个没有放响的鞭炮，紧紧地握在手里，高兴地返回了家。

"要吃饭了，怎么才回来？大过年的还到处跑。

见我回来娘不满地嘟囔着。炕上，爹和弟弟、妹妹们早已围坐在饭桌前等着我了。桌中间放着一帘刚刚出锅的玉米面饼子和一盘萝卜咸菜，每个人的面前还放着一碗水。我没说话，慢慢地蹭上了炕，全家人谁也不言声，都默默地看着自己眼前的那碗冒着热气的白开水。

"今年我们家遭了贼，为了还账把猪卖了，这个年是过得寒酸了点。来，让我们为了明年过年能吃上猪肉干杯。"

还是爹先打破了这种难堪的沉默，端起了碗在我们面前象征似的晃了一圈，连喝了几大口，然后就使劲地咬起了手里的大饼子。弟弟和妹妹也都迫不及待地开动了。我不敢再看他们，慢慢地端起那碗水，和着不经意间坠落在里面的一滴眼泪一起喝了下去。

年关过后，住在我家后街的一个平时名声不太好的邻居果然病死了。娘这才如释重负般地把锅台后的那个小面人扔进了垃圾堆，还无限欣慰地说："这可真是恶有恶报，谁让你偷我家的钱了呢，死了也得进十八层地狱！"娘说这话的时候脸上露出了久违的笑容，可我的心里却愈加的悔愧不安了……

　　往事如烟，三十年过去了。每逢过年的时候，想起那年那夜的那顿年夜饭，我都会感到愧疚不安，同时也为如今年夜饭的丰盛，而感到幸福和满足。

◀ 爱非爱

风驰电掣，东摇西晃，横冲直撞。十八岁魏冬宝驾驶着奶奶的那辆奔驰"560"疯狂地行驶在夜色苍茫的街道上。头晕目眩，眼花缭乱，光怪陆离。魏冬宝眼前的世界早已不真实了——他觉得自己好像在飞，飞在一个梦幻般的世界里。他也意识到这种状态非常危险，可他坐下的汽车就像一支离了弦的箭，早已经不受他思想的支配了。他也只能任凭自己和它一起疯狂地飞驰着、摇晃着、颠簸着。然而，一阵紧似一阵晕眩和呕吐感，致使他不得不大吐特吐了起来。

他这已经不是第一次偷开奶奶的车了。第一次偷开奶奶汽车的时候，他才十三岁。幸亏那次没有闯什么大祸，只是被交警大队把车扣了起来，让他通知家里交罚款。奶奶知道情况以后，一个电话就把事情搞定了。

记得那天奶奶开车带他回来的时候，看着他知道闯祸了以后，那种忐忑不安的样子。就一手把着方向盘，一手抚摸着他的脑袋说,好孙子,你真长大了,有胆量,好样的,别怕!只要有奶奶疼你,爱你,你就什么也别怕。

从小到大,只要他一闯祸,奶奶就对他说这样的话。只要她一说这话的时候,那也就是云开雾散,雨过天晴的时候了。渐渐地他才知道,奶奶可是他们市里的一个东边走路西边颤的"风云人物"。她是本地区最大的一家房地产开发公司的法人,在省里也是首屈一指的女强人、大富婆。就连市长都得给她面子。而他呢,则是奶奶的掌上明珠。说起来也是他的命好,奶奶就他这么一个孙子,不宠他宠谁?

在家里,爸爸和妈妈更不敢管他,只要他们一管,就会遭到奶奶的横加指责。奶奶的理论是,男孩子不能管得太严了,管得太严了他会变得窝窝囊囊、唯唯诺诺,将来到了社会上也会畏首畏尾、一事无成的。

有了奶奶的娇宠和纵容,他不但在家里飞扬跋扈,在学校也是耀武扬威。因为他一闯祸,奶奶一句话,就能摆平。所以,他不怕闯祸。欺负同学,打骂同学已经成了他的家常便饭。同学们见了他都跟老鼠见了猫似的。十五岁以后他就开始逃学,和一些铁哥们出入迪厅,舞厅,游戏厅,网吧等娱乐场所。花钱像流水一样,没钱了就向家里伸手。

记得他第一次到迪厅的时候,一个哥们的朋友很热情地端着一杯水迎了上来,并还递给他一个药片,满脸堆笑地说,哥们吃一粒这个吧,吃了以后你会玩得更尽兴的。

这是什么? 冬宝茫然不解地问。

"开心丸"，好东西，我经常吃，你吃了就知道了，哥们不骗你，不信我先吃一颗。与他同去的那个哥们轻描淡写地说完这席话，就一仰脖自己先吞下去了一颗。见此情景，冬宝也没再迟疑，便端过水杯一仰脖，也把药片咽了下去。

那天的迪他蹦得说不出来的亢奋和开心；那是一种前所未有的亢奋和开心，还和几个女迪友做了许多行动不受控制的放浪行为。许多天以后他都沉浸在那种亢奋和开心中难以自拔。从那以后，他便经常出入那家迪厅，而且每次去都得事先服用"开心丸"。

头一次开车出来，他只是出于好奇，为了潇洒，寻求刺激。而这次则不然。今天晚上他又把奶奶的车偷开了出来，和几个哥们喝完了酒，又吃了一粒摇头丸，正准备去迪厅蹦迪的时候，却接到了一个女网友的电话：说她现在乡下的奶奶家，和表弟吵了架，让他赶快去接她。这个网友是冬宝不久前，在 QQ 聊天时认识的，两个人一见倾心，早已经到了那种如胶似漆的地步了。一听到自己的女朋友受了委屈，魏冬宝二话没说，扔下那几个哥们就开车向乡下跑去。

没想到这一跑，酒劲和摇头丸的作用都发作了。一阵翻江倒海的呕吐之后，魏冬宝的眼前一片模糊。他拼命地瞪着双眼，努力地控制着自己的情绪，然而一切都是徒劳的。随着一声刺耳的刹车声，魏冬宝就觉到自己的身体腾云驾雾般地飞了起来，然后又在一阵剧痛和混沌中失去了知觉……

妈——妈——不好了，冬宝出车祸了。第二天早晨，魏冬宝的爸爸魏志远，接到儿子开车肇事的通知后，火上房子似的对母亲说。

啊？出车祸了，快说！冬宝现在怎么样了？

他倒是没什么事，只是受了点皮外伤，可他却把对方的汽车给撞翻了，司机也给撞死了。

哦，这就好，只要冬宝没事就行。魏冬宝的奶奶一听自己的孙子没事，才如释重负乜斜了儿子一眼，接着说，瞧你那点出息，遇到点事就像天要塌下似的，快告诉我冬宝现在在什么地方？

被关押在交警大队，等候处理呢。

什么处理，不就是要钱吗？有钱什么都能够处理。

魏老太听了儿子的话，边打手机，边轻蔑地说。

喂，王秘书吗？速去银行给我支五十万现金。对，马上送来，我有急用！

妈，这次你就不要再管他了？也应该让他受点教训了。魏志远无可奈何地看着母亲的一举一动，忧心忡忡地说。

废话，他是我的孙子，我不管他管谁？！

你总这样纵容他，他的胆子会越来越大的。

啰嗦个啥？没了孙子，我要那么多钱干吗？当纸烧啊？魏老太边说边穿上衣服，拿起包头也不回地扬长而去。只留下魏志远瞪着惊愕迷茫的大眼睛，呆呆地伫立在那里。

二十年以后，当魏冬宝因流氓强奸罪再次入狱时，他彻底绝望了。因为这时，一直宠爱他的奶奶早已去世，而奶奶给他留下的万贯家产，也早已被他吃喝嫖赌、挥霍殆尽。

◀ 花非花

夜深人静，花好月圆。肖斌紧拥着妻子高小雅那光滑柔软的娇躯，久久地沉浸在新婚之夜的幸福和甜蜜里。

小雅，难怪你的笔名叫"花能解语"。你不但生得花容月貌，而且还才华横溢，善解人意。能和你结成夫妻，真是俺几辈子修来的福气。肖斌深情地凝视着妻子那张如花似玉的俏脸，情不自禁地说。

我再有才气也不如你，你年纪轻轻就成了咱们省有名的作家，在咱们那个文学论坛谁不知道你这个大才子啊。

我那些信笔涂鸦的东西算什么才气，你写的诗歌，清新淡雅，透着灵气，你才是人人钦佩的女诗人呢。想当初，你的一首情诗就深深地打动了我的心。哦，对了，你那首情诗写的真好，今天你给我背一遍好吗？

我，哪首情诗？我不记得了。

《谢缘》啊，你不是说过这首诗你都已经倒背如流了吗？怎么会不记得了呢？

看你说的，我给你写了那么多的情诗，怎么会都记得呢？

什么？你什么时候给我写过那么多的情诗了？不就这一首吗？

肖斌和高小雅是在网上的一家文学论坛认识的，他是作家，她是诗人。他的笔名叫"笑傲红尘"，她的笔名叫"花能解语"。他的文章精辟，简练，深邃。她的诗歌清新，委婉，凄美。他们互相倾慕，彼此欣赏。在QQ聊天室里沟通得很顺畅，每次交流都有一种相见恨晚之感！随着彼此渐渐的了解，心灵慢慢地近了，两颗火热的心不时地碰撞，碰撞出异样的情感，碰撞出爱情的火花。他们虽然不在一个城市，但相距并不算远。

记得他们最后在网上聊天的时候，两个人聊得非常投机，非常缠绵。高小雅情不自禁地为肖斌写了一首名叫《谢缘》的情诗。这首诗缠缠缱绻，凄婉动人。肖斌不禁被这首诗深深地打动了，他再也不能满足于这种镜花水月似的网恋，于是就向她提出了见面的要求。高小雅开始并不同意，但又经不住他的再三恳求，就勉强地答应了。就这样，他们定下了彼此见面的时间，地点，还互相交换了照片。

让肖斌感到非常惊喜的是，高小雅不但长得花容月貌，而且还善解人意，等他们见面了以后自然是一见倾心，情投意合。于是，这两个相亲相爱的人儿，就顺理成章地走进了婚姻的殿堂。

肖斌万万也没有想到，小雅曾经给他写的那首令他激情澎湃、刻骨铭心的情诗，她竟然一点也不记得了。

我，我……事到如今我也不瞒你了，其实我根本就不是"花能解语"。"花能解语"是我的姐姐。

天呀！你真的不是"花能解语"啊？难怪你不会背那首诗。快告诉我这究竟是怎么回事？肖斌听了这话，十分惊愕地望着小雅，简直不敢相信自己的耳朵。高小雅怯怯地看了一眼恍然如梦的丈夫，不得不说出了事情的真相！

以前高小雅和姐姐高小倩一样，都是肖斌的粉丝——她们都非常欣赏肖斌的文学作品，倾慕他的才情。所不同的是，高小雅没有姐姐那么有文学天赋，也不会写作。知道姐姐在论坛和肖斌认识了以后，她感到非常的羡慕。姐姐也经常向她透露他们之间感情的发展，以及肖斌在文学上取得的一些成绩。没想到就在他们的网恋发展到如火如荼的地步时，高小倩却检查出来自己得了晚期肺癌。为了不让肖斌感到痛苦失望，当他们最后一次在网上聊天并决定见面的时候，她就把妹妹的照片发给了肖斌。

那"花能解语"呢？不，那姐姐呢，她现在怎么样了？

她在我们见面两个月以后，就带着对我们的无限祝福离开了人间。天啊！难怪我们见面以后，在论坛里就再也看不到"花能解语"发表的诗歌了。

对不起，肖斌，不是我有意欺骗你的，这都是姐姐的意思。其实我和姐姐一样都是深爱着你的，你能原谅我吗？

原谅，当然原谅，毕竟我们彼此相爱，而且已经结成了夫妻，我只是为姐姐的早逝而感到惋惜。

肖斌说到这里，禁不住拥着妻子潸然泪下！

第二天，一对年轻的夫妻久久地默立在"花能解语"的墓前。当他们含着热泪，在一束盛开的百合花前焚烧了那首名叫《谢缘》

的情诗后，一阵晨风拂过，转眼间就吹散了那缕烟灰，同时也模糊了墓碑上的字迹……等他们转身离去以后，一个面容憔悴的女子，悄悄地出现在墓前，望着他们远去的背影泪如雨下。

◀ 梦非梦

咣的一声，王彩霞把饭碗往桌子上一撤，大声地说，这饭怎么做的？这么硬，这能吃吗？

妈，媛媛在家从来没做过饭，这还是头一次做，没做好，您就将就着吃吧。薛健强飞快地瞟了一眼妻子张媛媛那张赤红的小脸，惊慌地说。

我能将就，可我的胃将就不了。不会做饭就赶紧学，我家可养不起只会吃饭，不会干活的少奶奶。王彩霞一看儿子完全站在媳妇那边，这火可就更大了，把筷子一扔，铁青着脸说。

妈您别生气，下次再蒸米饭，我一定多放些水。您吃不了这饭，我再去给您煮点面吧。赵媛媛十分紧张地看了一眼恼羞成怒的婆婆，又看了看窘迫不安的丈夫，搓了搓手，怯怯地说。

不吃了，气都气饱了。我告诉你，别以为你上过几天大学，又在单位里有点地位，一进门就想给我一个下马威。我王彩霞可不是随便捏的软柿子……

行了，行了，孩子们都已经知道错了，你还有完没完了？坐在一旁一直沉默不语的薛永山，再也沉不住气了。狠狠地白了老伴一眼，愤愤地说。

这是王彩霞五十岁那年，儿子结婚第二天发生的事情……

啪的一声，王彩霞抡起了胳膊，就狠狠地掴了赵媛媛一个响亮的耳光。你这个败家的媳妇呀，我们老薛家辛辛苦苦地积攒起来的这点家产，一下子都让你给折腾光了。连个家你都看不住，你还能干什么哪？

我，我又不是故意的，下班回来以后，我就打开窗户准备做饭。可小宝却哭得没完没了，我一摸他的脑袋，烫得要命，腮帮子也有些肿。就急忙抱着他去医院了，这一着急就忘了关窗户，谁曾想家里就遭了贼。

赵媛媛一边用手捂着被婆婆扇得火辣辣的脸，一边十分委屈地哭诉着。

妈，你也太过分了，家里被盗了，你不想着早点报案，反而来兴师问罪。我经常出差不在家，媛媛她一个人又要上班，又要带孩子、做饭容易吗？小宝都三岁了，你从来没帮着带过一天，每天就知道打牌，扭秧歌，家里出了事，你才知道着急了？她再不对，您也不该动手打她啊！

刚下班回来的健强一看母亲又在刁难妻子，忙上前替她抱打不平地说。

王彩霞一看儿子又站在媳妇的立场上了，就用手指着儿子的鼻子，气急败坏地说，好啊，你这个娶了媳妇忘了娘的白眼狼，竟敢教训起老娘了，我还不管了呢，反正被盗的是你们家，丢的也是你们家的东西。说完一转身，扭着屁股就走了……

这是王彩霞五十五岁那年，儿子家被盗以后发生的事情。

咣的一声，张媛媛把饭碗往桌上一撂，这菜怎么做得？这么咸？这还能吃吗？

媛媛，咱妈这么大岁数，每天辛辛苦苦的操持家务，也不容易，你就将就着吃吧。我能将就，小宝他能将就吗？你没听见他这几天总咳嗽吗？我一再地强调，做菜要清淡点，清淡点。可她就是不听，每次做菜都放那么多的盐，不会是和卖盐的傍上了吧？

王彩霞呆愣愣地坐在那，看着儿媳妇不依不饶的小嘴，像炒豆似的发泄着，沉默不语。

媛媛你还有完没完了？你怎么能这样对待妈妈呢，太过分了！

键强看了一眼错愕不语的母亲，愠怒地责备着妻子。

我这样对待她怎么了？想当初她是怎么对待我的了？！既然她到咱家来了，就得看我的脸色，这叫风水轮流转。张媛媛仍旧言犹未尽地絮叨着。

这是王彩霞六十岁那年，老伴死了以后发生的事情。

嘭的一声，张媛媛把门一关，捂着鼻子就跑了出去。一边跑一边冲着手机大声地喊着，键强啊，你快点回来吧，你妈她又把屎拉到床上了……什么？你有事回不来，让我处理，我才不管呢，那可是你妈……什么？她不容易，让我好好对待她，切，想当初她是怎么对待我的……

臭死了，臭死了，没想到你也有今天。张媛媛一手捂着鼻子，一手指着瘫痪在床上的王彩霞说。

老不死的，你快往旁边挪一挪啊，我好给你擦屎！哎哟，我的天哪，你怎么这么沉呢，累死我喽……

这是王彩霞六十五岁的那年，半身不遂以后发生的事情。

扑通一声，王彩霞一下子被儿媳妇从床上推到了地上，她猛然从梦中惊醒了过来，出了一身的冷汗。愣了半天的神，她才发现原来刚才自己是在做梦，可这个梦怎么就那么真实呢？于是，今年五十五岁的王彩霞翻来翻去就再也睡不着了，她想，明天还是去把小宝接来带着吧，儿媳妇既上班，又带孩子的确实很辛苦。

◀ 压岁钱

    哥哥死的时候，刚满八岁。那年三十的晚上，哥哥跑前跑后地烧水、倒水，伺候全家人洗脚，换袜子、换衣服。望着既勤快又懂事的哥哥，爷爷高兴得合不上嘴。他一手摸着哥哥的头，一手伸进了衣兜，抠挲了半天才掏出来两毛钱说，来，乖孙子，过年了，给你两毛压岁钱，今晚上先放在兜里，明天你喜欢啥就买啥吧。

    那年月，两毛钱对我们这些贫苦家庭的孩子来说，已经是天文数字了。

    谢谢爷爷，爷爷过年好。

    哥哥惊喜地接过钱，急忙给爷爷磕头拜年。然后又小心翼翼地打开那张皱巴巴的钱，裂开嘴，露出两颗虎牙开心地笑了，笑得是那么的灿烂，那个夜晚也因了有了他的笑容，而变得异常的幸福温暖。

    怕我眼馋，哥哥就哄我说，小霞，这两毛钱，你一毛，我一毛，赶明个，哥哥上街给你买糖人好吗？其实，那时的我，对钱根本就没有概念，更不明白压岁钱是怎么回事，但对那些花花绿绿的糖人却特别感兴趣。于是，我乖乖地点了点头，也和他一起绽开了纯真的笑脸。

大年初一的早晨，外面爆竹声声、锣鼓喧天。吃完早饭，哥哥就要和几个小伙伴一起到街上去看秧歌。出于好奇，我也要跟他们一起去，哥哥就哄我说，好妹妹，你别去，街上的人太多，会把你挤丢的，你在家里等着，哥去给你买糖人。

小霞乖，咱不去，今天外面太冷，别冻坏了你。妈妈也在一旁阻止我。无奈，我只好点头应允。见我答应了，哥哥就又露出两颗虎牙，高兴的笑了。然后，便一转身连跑带癫走了。

让我万万没想到的是，这竟是我最后一次看见哥哥憨憨的笑脸，和那两颗充满童真气的虎牙。

那天街上的人很多，哥哥他们跑到大街上的时候，看热闹的人们就早已经把来自各个乡村的秧歌表演队围得水泄不通了。那年月，看秧歌表演就是人们过年时最精彩的娱乐活动了，所以每逢初一十五，除了老弱病残，全镇的百姓几乎都会涌到大街上来看秧歌。

哥哥他们在前呼后拥的人群中使劲地挤着，企图挤到前面，找到一个可以看到秧歌的位置。怕把兜里的压岁钱弄丢了，哥哥就把它偷偷地掏了出来，紧紧地攥在手里。

他就这么一边看秧歌，一边紧紧地攥着那两毛钱，手心都攥出了汗。等看完了表演，那张压岁钱已经被他攥湿了。

为了兑现对我承诺，看完秧歌回来的路上，他就四处寻找卖糖人的，想给我买糖人。

找到了，他终于找到了，就在他找了半天，也没有找到，正愁回来无法向我交代的时候，忽然，看到马路边，停着一辆卖糖人的售货车。看见了那些五颜六色的糖人，哥哥仿佛看见了我灿烂的笑脸。于是他便急忙走过去，惊喜地问，大爷糖人多少钱一个？

二分钱一个，你要几个，随便挑吧。卖糖人的老汉一边忙着手里的活计一边说。

我买两个，给您钱。哥哥一边仔细地挑选着那些情态各异的糖人，一边张开手，把那张汗唧唧两毛钱递了过去。没曾想老汉只顾得埋头干活，还没来得及接，那张钱就被忽然掠过地一阵寒风给吹走了。那天的风很大，钱在空中打了几个旋，便落在地上向马路中间滚去。哥哥见此情景大吃一惊，便不顾一切地撒开腿去追。

他刚跑几步，就被一辆疾驰而过的拖拉机撞飞了起来。据说这辆载满锣鼓和彩车的拖拉机，当时是刹车失灵了。哥哥的身体在空中旋转了一个圈，像一只中箭的鸟儿，在一片血雨腥风中坠入尘埃。哥哥趴在自己那莲花般的血泊中，痛苦地抽搐了几下，很快就停止了呼吸。只有那张还没有被哥哥追到的压岁钱，浸着哥哥的血汗，躺在风中痛楚地战栗……

如今，已经成为一名人民教师的我，在得知班里一些同学寒假期间，经常用自己的压岁钱，出入网吧、游戏厅的时候，又不禁想起哥哥当年因那两毛压岁钱而丧生的往事。于是，我决定开学后的第一节课，就给他们讲述这段悲惨的故事。

第三辑

爱的短信

◀ 活见鬼

一阵欢快悠扬的口哨，伴着轻柔的晚风，久久地飘荡在一个温馨祥和的住宅小区里。英俊潇洒的红尘，一边对着镜子，仔细地打着领带，一边不停地吹着口哨，眼睛还不时地瞟着墙上的挂钟。一想到马上就要见到心爱的雨柔，他的心里就甭提多高兴了。好事多磨，和雨柔这个他已经暗恋了四年的大学同窗，毕业后，在同学的极力撮合下，今天还是头一次约会。所以，红尘一边精心地打扮着，还一边在心里发出那种，皇天不负有心人的感叹。

正在这时，他的手机骤然响起，原来是他的双胞胎弟弟，蓝天打来的，喂，哥哥不好了，我杀人了，你快来救救我吧⋯⋯

什么？你说什么？快告诉我，你在哪儿呢？

我，我在湖滨茶楼 203 房间，你快过来吧，我好害怕⋯⋯

话筒里传来蓝天惊慌失措，如泣如诉的呼救声。

好，你别怕，我马上就去！

红尘挂了电话，穿上衣服就冲出了家门。

在那个清净整洁的房间里，蓝天正瞪着两只直棱棱的大眼睛，惊恐无助地蜷缩在墙角。一只粘满鲜血的手，木然地垂放在地板上，旁边还放着一把带血的匕首。而他的女朋友，苏雅琴却痛苦万状地倒在离他不远的血泊里——已经断气多时了。

等红尘赶到了滨湖茶楼，走进 203 房间时，就被眼前这血淋淋的一幕给惊呆了。

快告诉我，到底发生了什么事？你为什么要杀她？

呆立了片刻，红尘迅速走到蓝天身边，一把抓住他的肩膀，拼命地摇晃着问。

呆若木鸡的蓝天，看到了哥哥，便一头扑进他的怀里，痛哭流涕地说，

哥哥快救救我吧，我不是故意的。她背叛了我，我约她到这里来是想劝她回心转意的。没想到我们就吵了起来，我只想拿刀子吓唬吓唬她，可后来却失了手……

哥哥救救我，快救救我吧，我真的不是故意的，我不想死……

好弟弟，你别哭、别哭了，哥救你，哥一定救你……

红尘，紧紧地抱着弟弟战栗的身体，用手拍着他的肩膀，十分痛惜地安慰着。继而他又迅速地推开了蓝天，说，

快，快把你的衣服脱下来，我们换一下。还有，把我们的身份证和手机统统地交换一下，记住以后你就是红尘，我就是蓝天。

不！哥杀人可是死罪呀，我不能让你替我去死。

别罗嗦了，没时间了，等来了人，我们谁也脱不了干系。

红尘一边用力地扒下弟弟的衣服，擦干了他手上的血迹，一

边把自己的衣服披在了他的身上。同时又轻声地嘱咐道，一会出去，先洗洗手，小心点，千万别让人看见。

从兜里往外拿手机的时候，他又想到了雨柔。看来自己也只能辜负这个心爱的姑娘了，想到这里，他无比痛苦地拨通了她的电话，

你好，雨柔，对不起我今天不能赴约了，我妈又给我找了一个对象，我不想违背她的意愿，请你忘了我吧……

还没有等对方说话，他就咬咬牙，关上了手机……

就这样，与弟弟长得非常酷似的红尘，很快，就顺理成章地成了他的替罪羊。

红尘死了以后，蓝天一直都沉浸在杀害恋人，和让哥哥顶罪的痛悔和内疚中不能自拔。他从未想过，这种良心的谴责，竟会让一个人如此的寝食不安和痛苦不堪。

于是，他便经常来湖滨茶楼喝茶，借以凭吊死去的雅琴和哥哥。

当然，他每次来都是坐在大厅里，从来都不去 203 房间。因为他怕在那里，会想起自己杀害雅琴的情景。尽管，自从雅琴和哥哥死了以后，他无时无刻不被那血淋淋的一幕，而笼罩着，撕扯着。可是，他还是下意识地极力地回避着。

一天下午，蓝天独自在湖滨茶楼里，喝了几个小时的闷茶。直到天黑，才失魂落魄地离开了茶楼。他刚走到门口，就见一个女孩，婷婷袅袅地向茶楼走来。女孩穿着一条白色的连衣裙，一双白色半高跟凉鞋，手里拎着一个白色的手提包。一头如瀑长发，

在晚风中显得格外的飘逸优雅。刚开始，他并没有留意，可不经意间，他却被女孩走路的姿势和神态吸引了。因为她的举手投足，和一举一动都太像雅琴了，借着茶楼的门灯和路灯的光亮，蓝天不由得仔细地打量起了女孩。

等他看清女孩的容颜，竟吓得魂飞魄散。

啊——他情不自禁地发出一声撕心裂肺的惨叫，眼前一黑，就晕倒在地上。

不好了——杀人了——来鬼了——杀人了——来——

等蓝天从昏迷中苏醒了以后，便狼哭鬼叫，张牙舞爪地消失在苍茫夜色里……从那以后，他的精神就彻底的失常了。

其实，他看到的那个女子，根本不是雅琴，而是，雅琴的双胞胎妹妹，她和姐姐也长得非常的相似。由于她一直在外地上学，蓝天虽然和雅琴相处了有一年多，可他却从未见过雅琴的妹妹。那天，她也是到湖滨茶楼，来缅怀被蓝天杀害在这里的姐姐的，没想到竟被蓝天撞个正着……

◂ 水中月

　　那天晚上，刚吃完饭，家里就停了电。妻子加班还没回来，我独自待在家中，顿觉百无聊赖。于是，我便拨通了张靖的电话，约他到附近的香茗居茶楼——下棋、喝茶。张靖是我的同事，也是我的棋友，每逢节假日，我们都会找一个僻静的地方较量一番，经常杀得是难解难分、不分上下。张靖欣然应允，并开玩笑似的说，就你那手臭棋还下啊？再下也那样。小子，别太狂了，小心我一会儿杀你个人仰马翻、片甲不留。我不服气地说完，就挂了电话，急匆匆地离开了家。

　　二十分钟后，我和张靖几乎同时出现在香茗居。很快，我俩就被服务生引进了一个名叫世外桃源的茶室。刚进茶室，就见一个中年男人，推着一个坐着轮椅的女人，走进了对过的水月洞天。女人长得端庄秀美，只是，脸色显得特别的苍白，那是一种不健康的白，令人心颤的白。他们一进去，男人就随手带上了门。我和张靖并未在意，等服务生烫完茶壶、茶杯，洗完茶，倒好茶……关上门离开了以后，我们俩就迫不及待地较量上了。

开门！陈志华，你开门，我知道你在里面呢，我一直跟踪着你……你这个没良心的……你快开门啊！……

我们刚进入状态，就听见门外传来一阵咚咚咚的敲门声，和一个女人的叫喊声。紧接着就听见对过的门咣的一下被打开了，随后又响起女人的叫骂，好啊，你竟敢背着我和她到这里幽会，你们也太无耻了吧！

王宁你听我说，水月最近身体不好，心情也不好，我只是想陪她喝点茶，说会儿话，我们根本没什么，你别往歪处想好吗？男人小心翼翼地解释着。

哼！她心情不好，我还心情不好呢，你可真是个贱骨头，她当初看不上你，把你甩了，现在成了瘫子，又想起你了，你还同情她……你不是跟我说过吗，她对你来说，永远都是水中月，镜里花，你呀，又癫蛤蟆想吃天鹅肉了，是吧？你就别做梦了，你！走！快跟我走，回家去！

别胡咧咧，要走你自己走，我一会儿再走……听到这里，出于好奇，张靖就轻轻地打开了房门，我也忍不住跟了过去。这时，只见水月洞天的门前已经围了许多的人。那个坐轮椅的女人，两眼茫然无助地望着大伙儿，脸色更加的苍白了。

好啊，你今天不跟我回去，我明天就跟你离婚！你到底走不走？！

好了，王宁你别闹了，你先走，我待会儿就回去……男人近乎哀求似的说，一边说还一边推着妻子。

好，你个陈志华，你今天铁了心跟我过意不去是不是？那你就等着瞧！

女人说完，就使劲地甩开了他的手，狠狠地白了一眼轮椅上的女人，一扭身便仰着头走了。

女人走了以后，男人赶紧关上了门，把众人的视线毫不留情地拒之门外。

哈，又一对玩婚外情的，嘿嘿——热闹。见此情景，张靖也急忙关上门冲着我一吐舌头说。

来来来，他们玩他们的，咱们玩咱们的。已经犯了棋瘾的我，急忙把张靖按在了座位上，又投入了象棋大战中。很快，就把刚才的事忘到了九霄云外。

由于在香茗居存了茶，那以后，只要一有时间我就约张靖前来下棋。或许我俩都很守旧，每次来，我们都不约而同地点名要世外桃源。偶尔也能碰到那个叫陈志华的男人和坐轮椅女人，或许是因为女人叫水月的缘故，他们每次来也都是到对过的水月洞天，很少到其他的房间。

今天是大礼拜，我的棋瘾和茶瘾又上来了，于是我又约了张靖一起来到了世外桃源。说来也巧，我们刚进门，就看见陈志华推着女人也进了对过。

呵呵……这两个人比热恋还热恋呢。进屋后，我十分诡秘地看了张靖一眼，戏谑似的说。张靖刚想说什么，却被随后跟进来的服务生打断了，于是，我们很快就在棋盘厮杀了起来。

不知过了多久，我们战得正酣，突然有人敲门。

进来！我和张靖都以为是服务生呢，就一边下棋一边喊。

门开了，可进来的却是对过的那个坐轮椅的女人。

对不起，打扰了，志华刚才下去，给我买小时候我们最喜欢吃的烤红薯，不知道为什么，都已经走了一个多小时了，还没有回来，打他的电话，也一直无人接听。急死我了，你们能不能帮我找找他呀？女人此刻的脸已经变得更加的苍白了，那是一种吓人的白，让人不寒而栗的白。

好好好，你别急，你先把他的号码给我，我拨拨看。女人听了，很熟练地说出来一个号码，我一拨果然无人接听。便摇着头，说，还是无人接听，你有他家的电话号码吗？

没有，以前有，可现在他和妻子离婚后，一直住在父亲家，我就没有他家的电话了。他……他一定出事了，我预感到他一定是出事了……女人说到这里，大颗大颗的泪珠儿已经落在了胸前。

你别哭、别哭，我马上就给交警打电话，让他们帮忙查查看……

还是张靖机敏，很快就想到了这层。他说着就拨通了112。我和女人都屏住呼吸，凝神细听。

喂，你好，请问，今晚七点到九点之间利民路附近发生过交通事故吗？

哦，发生过一起，一个司机酒后驾驶，撞死一个名叫陈志华的男人，肇事司机逃逸，事故正在处理……

电话接通了，对方的声音十分清晰地从话筒里传来。

什么？你说那个男人叫……

志华啊——张靖还想证实，就听见女人发出一声撕心裂肺的尖叫，随即一张嘴，喷出了一口鲜血，脑袋一歪，就泥一般地瘫倒在轮椅里……

"假娘们"

哟，看这办公室让你造的，乱死了，你就不会整理整理呀？

早晨我正坐在办公桌前看报纸，李杰就闯了进来，他一进门，就蹙着眉，嗲声嗲气地说。说完他就捋了捋袖子，扭着水蛇腰飘到我的办公桌前，整理起我刚看过那些报纸。随着他的出现，空气中立刻浮游着一股酽浓的香水味儿。

哈哈，又来了，又来了，我咋没觉得乱呢？看着他从我身边飘飘去的样子，我情不自禁地用手掩了一下鼻子，笑着说。

这还不乱呀？你瞧瞧，你瞧瞧，你这里都快成杂货铺了，哪有一点科长办公室的样子。

你呀是利索惯了，一个办公室，乱点就乱点呗，又不妨碍工作。我不以为然地说。

行了，您就别强词夺理了，真不知道这么多年嫂子是怎么和你过的。

怎么过的？她过得滋润着呢，幸福着呢，不信，你就去问问她好了。

我望着李杰梳得像牛犊子舔了似的头发，很得意地说。

同时在心里暗想，就你这男不男女不女的样子，不知道你媳妇是怎么过的呢？

去去去，你就别在这里和我抬杠了，你先到别的办公室坐会儿，等我把你这儿收拾利索了，你再回来吧。

我正饶有兴趣地胡思乱想的时候，却被他不容分说地推出了办公室。无奈，我只好下了楼，到收发室老王那里喝了一会儿茶。

等我再返回办公室的时候，办公室已经被李杰收拾得干净利索、焕然一新。而李杰呢却坐在我的办公桌前，手里拿着一个小镜子，正在往嘴上涂唇膏。

见我回来，他边抿了抿嘴说，怎么样，我收拾得比勤杂工收拾得还干净吧。说着，他那张保养得十分白嫩的脸上，便漾开得意的媚笑。

好好好，是不错，你干这活一点也不比咱们单位那个女勤杂工逊色，说实话，也比你嫂子也强多了，下辈子，我就娶你当老婆，哈哈！我迅速地环顾了一下办公室，高兴地逗他。

去你的，少拿我开涮，告诉你，我可不白收拾，我的茶叶喝完了，我是来管你要茶叶的，刚才一忙，就忘了，这会儿才想起来。

原来你忙乎了半天，就是想要点茶叶呀，给你，这些全给你，我家里还有呢。得知李杰的来意，我急忙拿起茶叶桶递给了他。同时心想，你可快点走吧，你再不走，我非得让你的香味儿给呛晕了不可。

好，那就多谢孟科长了。李杰也不客气，收起唇膏和小镜，又用手捋了捋头发，拿起茶叶就挺胸摆臀地走了。望着李杰款款而去的背影，我不禁暗想，真是个不折不扣的"假娘们"！

三十多岁的李杰，虽然是个堂堂正正的男人，却是我们单位里出了名的"假娘们"。负责文秘工作的他，每天都把自己打扮得油头粉面、西装革履的。那头发梳得苍蝇落上去都能摔跤；裤线熨得都能跑火车；皮鞋擦得都能当镜子照。如果有什么应酬，他能站在镜子前，从上到下地打扮两个多小时，还意犹未尽。最让人难以忍受的就是他的洁癖——他的办公室每天都收拾得一尘不染，就连办公桌底下和镜子后面他都擦得干干净净。不但如此，他还喜欢管闲事——比如就像刚才那样给别人收拾办公室、介绍个对象、设计服装、发型等等。还有他在做这些事情的时候，嘴上也总是喋喋不休的——那张嘴比女人还碎呢。因此单位里有些人都背地里说他"二椅子"或"假娘们"；也有的人就干脆当面叫他"李姐"。而他却不以为然，依然我行我素。

一天早晨，我刚起床就接到了高局长的电话。高局长说，昨天收发室的老王回老家的时候出了车祸，住在你们县的医院里，我手头有些事，暂时过不去，你们是同乡就代表我去看看他吧。我听了这话，就满口答应了。等我赶到老王住的医院时，首先见到的是他的儿子，他和我说，我爸因失血过多正在输血，你们单位的一个同事正在给他输血——当时正赶上汶川大地震，医院里的血浆大部分都支援了灾区，根本没有和老王配型的血浆，恰巧这个同事的血型和他的血型相同，所以他就主动给老王输了血。

我刚在手术室外面的椅子上坐下，就看见李杰从手术室里走了出来，老王的儿子便急忙上前握住他的手说，谢谢你救了我父亲的命……那一刻，我发现李杰那张原本白嫩的脸，变得更白了。

◀ "一根筋"

十一长假，加上干部休假。农业局财务科的吴科长，带着爱人出门旅游，快一个月才回来。今天一上班，管后勤的老沈一见到他，就惊喜地说，你可来了，过节时单位分的西瓜，我还给你留着呢，别忘了回家时拿走啊。知道了，下了班我去找你。吴科长答应着就走进了自己的办公室。忙了一上午，下班后，他刚要走，老沈就来了，说带他去拿西瓜。于是，吴科长就跟着老沈到了库房。一进屋，两个人都呆了，原来那堆西瓜已经烂得面目全非。见此情形，老沈不好意思地说，咋这么快就烂了呢？太可惜了，这可是一百斤西瓜呀！望着那堆烂西瓜，吴科长也不禁十分惋惜地责备他说，我不在家，你就给大家分分得了，干吗还给我留着，天这么热，能不烂吗？死心眼！

老沈这个人什么都好，就是做事喜欢墨守成规，不善于变通，大伙给他起了个绰号叫"一根筋"。这件事虽然让他觉得有些愧疚，可他做起事来还是不会转弯。

那天下午上班的时候，与他一个办公室的老张对他说，老沈呀，我的头有点疼，想去值班室眯会儿，有人找我就说我不在。嗯，好的，你去吧。见老张无精打采的样子，老沈就一口答应了。老张说完就关了手机，走出办公室直奔值班室。老张走了不久，办公室的电话果然响了，老沈一接电话，是老张的爱人打来的，她在电话里急切地问，喂，是老沈啊，我们家老张呢？我找他有事。哦，老张不在，你有事打他手机吧。按照老张的嘱托，老沈便毫不犹豫地说。说完就搁了电话。

晚上，老沈下班后刚进家门，就接到了老张的电话。他在电话里张口就说，我说老沈呀，你做事就不会转转弯儿啊！别人找我，你可以说我不在，可我老婆找我，你怎么能说我不在呀？今天下午，我妈心脏病猝发，我老婆才打电话找我的，若不是医院抢救及时，我连她老人家最后一面都见不到了。老张劈头盖脸地把他抢白了一顿，便生气地挂了电话。老沈遭到了抢白，不但没觉得理亏，反而瞅手机十分委屈地抱怨着，是你让我这么说的，出了事又怨我，我咋就这么倒霉呢？

这事发生后不久，单位的王副局长调走了。局长决定为他开个欢送宴——大伙一起到饭店聚聚。由于老沈平时和王副局长的关系不错，就有些恋恋不舍。许是心情不好，那天晚上他就喝多了。宴会快要结束的时候，喝多了老沈就感到有些内急，于是，他就摇摇晃晃地离开了座位，准备去卫生间方便一下。他走出房间后，却找不到洗手间的位置，无奈只好问饭店的服务员。服务员十分礼貌地说，从这儿往前走，走到头，向右一拐就是。按照服务员的介绍，老沈就一直往前走，可他走到了头，却没有往右拐，而是弄错了方向，往左拐了进去。等他蒙头转向地走到了尽头，抬头一看却发现那儿不是卫生间，而是饭店的厨房。

正值饭口，厨房的门开着，里面烟雾缭绕，炊香扑鼻。许多厨师都在里面汗流浃背地忙乎着。老沈发现自己走错了地方后，正想转身离去，却被门口面案上一个厨师的举动给吸引了。只见那位厨师拿着水瓢，一仰脖灌了满满一大口水，然后就鼓起高高的腮帮子，冲着面板上铺好的一层面，像喷雾式的吐了上去。如此反复地喷过几口后，他就双手抬起面板，很有节奏地晃动了起来。很快那些面就在他的晃动下，形成了一堆大小均匀的面疙瘩。然后，他又把那些疙瘩，倒进了滚沸的锅里。

啊？原来疙瘩汤都是用厨师的口水做成的呀！我刚才还听见局长主食点疙瘩汤了呢，不行，我得马上回去阻止他。这一发现，使老沈惊愕无比，也恶心无比，酒也醒了一半。他急忙转身跑了出去。等他回到房间一看，大伙儿的面前果然都放着一碗疙瘩汤，许多人还津津有味地喝着。别喝了，别喝了，你们以后可千万别再吃疙瘩汤了。见此情景，他忙大声地喊，把同事们都吓了一跳。见同事们都疑惑不解地望着自己，老沈就把刚才在厨房看到的事一五一十地说了。大伙儿听了他的话，都纷纷地皱起了眉头，捂着肚子，干呕不止。有的人甚至于离席跑了出去，大吐特吐了起来。于是，这场欢送宴就被老沈搅得不欢而散；王局长也快快而去。大家走了以后，气得局长指着老沈的鼻子骂道，你做事就不能分个场合啊！你瞧瞧，好好一个欢送宴，让你搅合成啥了？

◀ "变色龙"
....

秀云，快给我泡杯茶！

吃晚饭，他把碗筷一推，往沙发上一仰，就大声地喊。

妻子闻言，忙跑了过来，给他沏了茶，放在他面前的茶几上。

再把今天的报纸拿来，我要看看。我说你这个人怎么这么没有眼力见呀？记住了，以后只要我在家，你就把这些事做好。

妻子刚要转身离去，又被他叫住。见他那颐指气使的样子，妻子也没言声，给他拿来了报纸，就急忙收拾桌子洗碗去了。

看完了报纸、喝完了茶以后，他又喊了起来，秀云，给我倒洗脚水，我要洗脚。

妻子闻言，忙从厨房走了出来，给他倒了一盆洗脚水，放在了他的面前。于是，他又十分惬意地看着电视，泡起脚来。

秀云，干吗哪，我洗完啦，把洗脚水倒了吧！

我在辅导儿子做功课，你没长手啊？自己倒吧。妻子这回真的不耐烦了。

让你倒，你就倒，老子在单位整天的装孙子，回到家里还让我装孙子不成？见妻子不听使唤，他便恼羞成怒地说。

大学毕业后，他被分到化工厂工作，任厂长助理。

为了尽快提升，作为厂长助理，他除了做好本职工作外，还抢着干一些分外的事。

上班后，他每天都是第一个来到办公室。先给朱厂长打扫办公室——扫地，擦地，擦桌子、烧好开水，泡好茶，再用水浇一遍厂长办公室里的那些花。趁厂长没来之前，还跑一趟收发室，取来厂长上班后要看的报纸和信件，给他摆在办公桌上。干好这一切之后，他便坐在办公室的角落里，边看报边等着厂长。

厂长来了？今天冷不冷？

等朱厂长上班后一踏进办公室，他便会立刻起身，笑容满面地迎上前去。一边接过厂长脱下的大衣和帽子为他挂好，一边嘘寒问暖。

朱厂长对他的殷勤表现十分满意，便拍着他的肩亲昵地说，嗯，不错，张助理就是勤快，你一来这办公室就不一样了。好好干，等王副厂长退下来以后就由你接任。

他听了这话，喜不自胜，就表现得愈加殷勤了。

那以后，他每天都围着朱厂长转。为他沏茶、点烟、倒痰盂、开车门……就差没给厂长提鞋、洗脚了。

在他尽心尽力地做着这些事的同时，心里却迫不及待地盼望早日坐上王副厂长的那把交椅。因为他知道，只有这样自己才能由孙子变成爷爷。

半年以后，王副厂长果然退休了。或许是他的殷切已经感动了朱厂长，朱厂长果真履行了自己的诺言，把他提拔为副厂长。

恰巧这时，因为工人的疏忽大意，厂子里竟发生了一起火灾。

这场火灾虽然不大，却给厂里造成了一定程度的经济损失。厂子也因此停产了半个多月，才恢复生产。

火灾过后，朱厂长也被降职到车间当车间主任。

老朱，你这个车间主任室怎么当的，这卫生也太差劲了吧？今天晚下班半个小时，把卫生搞好了……

老朱，有火机吗？把烟给我点上……

老朱，过来给我倒杯茶……

老朱，你出去给我买盒烟吧……

从那以后，已经晋升为副厂长并代理厂长的他，每次下车间检查，或者开会的时候，在朱厂长面前都会摆出一副爷爷的架子——把朱厂长指使得团团转。由于地位的转变，朱厂长无奈也只能任由他的摆布。

有一天，他要出去开会。汽车行驶到厂子门口的时候，碰见了正要下班的老厂长。于是，他就让司机把车停下，下了车后，便绷着脸向朱厂长一摆手说，下班啊？老朱，干吗走那么快？不会是急着回去给老婆做饭吧？朱厂长不愿意理他，只是嗯了一声，又继续赶路。

可他却大声地说，你给我回来，我的车脏了，你把车擦干净了再走。

听了他的话，朱厂长惊愕地望着他很不情愿地说，擦车是司机分内事，干吗让我擦？这又不是我的本职工作。咋的？不服啊？

你忘了以前我是怎么伺候你的啦？这人啊，该装孙子的时候，就得装孙子，不该装孙子的时候，就得做回爷爷了，明白了不？

朱厂长知道他这是故意刁难他，也只好忍气吞声地把车擦干净了，他才得意忘形地上了车扬长而去。

说来也巧，半年后厂子又因工人吸烟，引起了一场大火。

这场火灾很大，不但烧毁了许多厂房，而且还有不少工人因公受伤。

他也被上级免职，到车间当起了一名普通工人。

朱厂长也在大火中抢救机器设备，受了重伤被送进了医院。

上级鉴于朱厂长救火有功，就把他官复原职。

得知这消息以后，还没等朱厂长出院呢，他就大包小包的拎着一大堆东西跑到了医院。

朱厂长已经看透了他的嘴脸，见他来了，就闭眼装睡也不理他。

可他却在朱厂长的床前，足足地站了半个小时也不肯走。朱厂长实在沉不住气了，就咳嗽了几声，睁开眼睛看了看他，淡淡地说，你来啦？

他见朱厂长醒了忙点头哈腰地说，我来了，我是来向您赔礼道歉的，过去都是我有眼无珠，大人不计小人过，您千万别跟我一般见识呀！

朱厂长望着他那低声下气的样子，气得指着他的鼻子骂道，你啊你！你这个人变脸咋比翻书还快呢？简直就是个地地道道的变色龙！

◀ 生死结
....

　　刚刚苏醒过来的周素云，朦胧之中听到了儿媳的哭声和呼唤，妈！妈！你快醒醒，快醒醒啊，我带着你孙子来看你啦……秀容，妈都病成这样了，你怎么也不早点告诉我们呢？她不禁一皱眉头，心想，我最不愿意看见你了，假惺惺的。这真是活着不孝死了乱叫，我要死了你才来干号，早干什么了？

　　周素云和儿媳妇丁璇之间，始终有个解不开的心结，每次想起这事她都非常生气。

　　那还是几年前的事了，由于身体不好，春忙以后她就累得一病不起。儿子吴强得知消息，就把她接到了城里送进了医院。住院期间，儿子、儿媳一直端茶递水，跑前跑后地照顾她。就连病友们都说她不但养了一个孝顺的儿子，而且还娶了一个漂亮贤惠的好儿媳。这让周素云感到非常的欣慰。等她病愈出院的那天，儿子、儿媳又高高兴兴地把她接回了家里。

　　中午，儿子、儿媳又一起下厨，给她做了一桌丰盛的饭菜。

大家落座以后，丁璇就高兴地对儿子说，小伟，你看今天做了这么多好吃的，告诉妈妈，想吃什么？五岁的小伟也不说话，只是瞅着满桌子的饭菜哭咧咧地赖唧，大家喂他什么他都不吃。

气得吴强绷着脸大声地说，再闹！再闹！我就打你了，快说，到底想吃什么爸爸给你夹。小伟一看爸爸真的生气了，就撇了撇小嘴吭哧了半天才说，我想吃火腿肠。好好好，爸爸马上就给你拿。吴强一听他终于有想吃的东西了，就乐颠颠去厨房给他拿来了一根火腿肠。可他只咬了两口就不吃了。你这孩子这不吃那不吃的，饿死算了！吴强见他这样又瞪起了眼睛。丁璇见此情景，忙把火腿肠又递给了小伟，耐心地哄着他说，小伟乖，再吃几口，你要不吃我可给狗吃喽！可小伟不但不吃反而把火腿肠往桌子上扔，一咧嘴哭着跑了。

这么好的东西你都不吃，奶奶可吃啦。周素云一看就觉得可惜，便拿起那根火腿肠张嘴就想咬。

妈，你别吃这个，吃鱼吃鸡吧。还没等她咬到呢，就被坐在身边的儿媳一把夺了下来，随手便扔给了他们家养的宠物狗。儿媳这一反常态的举动把她弄得十分尴尬，心想，我原来还以为她挺孝顺呢，可她连根火腿肠都舍不得给我吃，看来在她心里我还不如她家的狗呢。原来在周素云的心中，什么鸡啊，鱼啊……这些农村也常见的东西，都不如那根只有在商店，超市买才能到的火腿肠好吃。为了掩饰自己的尴尬，周素云很不自然地说，

我哪能真吃呢，我是逗小伟玩哪。说完，她故意看了看儿子，想知道他对媳妇刚才那种乖戾的举动有什么反映，可儿子却只顾

闷头吃饭，好像什么也没看见似的。看到儿子那副不以为然的样子，她感到非常的气愤。

第二天她就让儿子送她回家，虽然儿子儿媳一再挽留，她还是坚持要走。打那以后儿子、媳妇每次接她到城里住她都不肯，因为她始终对那件事耿耿于怀。这次生病以后，姑娘秀容就想告诉哥哥嫂子接她去城里治疗。可她死活也不同意，还说，

我就是死也不会再踏你哥家的门槛的，你嫂子她不孝顺啊，她把火腿肠喂狗都不肯给我吃……在女儿的一再追问下，她才说出了事情的真相，秀容听了以后也觉得嫂子做得太过分了，所以就没再勉强妈妈。谁曾想周素云的病情却突然恶化了，这时秀容才不得不通知哥哥嫂子。

秀容，你也是，咱妈病了，你怎么也不早点告诉我们呢。这时吴强也开始埋怨妹妹了。

不是我不通知你们，是妈不让我通知你们。

为啥？吴强也被弄糊涂了。

妈，妈说嫂子她不孝顺……秀容看了一眼哥哥嫂子吞吞吐吐地说。

啥？你嫂子她不孝顺？她咋不孝顺啦？

在哥哥的逼问下，秀容不得不说出其中的原委。

啊，原来咱妈就为这事一直都在生我的气呀？那几天小伟正好感冒，我怕他传染了妈，所以才不让她吃那根火腿肠的。唉！你看这事闹的。听完了秀容的叙述，丁璇这才一拍大腿恍然大悟地说。

嗨，原来是这样啊！那你咋不早说呢，害得咱妈一直都记着你当年从她嘴里抢火腿肠的"虐待"。

弥留之际的周素云，听了女儿和儿媳妇的对话。懊悔不跌地想，看来是我错怪了媳妇。她艰难睁开了眼睛看着媳妇，苍白地嘴唇抖动了几下，想说什么却没有说出来，便微笑着闭上双眼溘然而逝。

◀ 忘算了

"打他，打他，打死他！打死这个招摇撞骗的家伙，让他再敢到处骗人……"这一个春光明媚的早晨，在那车水马龙，人来人往的人民桥头，有几名穷凶极恶的男子，竟对一个中年男人大打出手。他们的行为很快就引起了行人的注意，围观的群众立刻多起来。"打死他，打死这个不知死活的骗子，看你再敢自称是半仙不。告诉你，你以后再敢在这里蒙人、骗人，小心我们打死你，让你成了真仙……""对，打他，往死里打！妈的，王八蛋，臭诬赖，大骗子……""咱们还是快走吧，小心惊动了警察。"其中一名男子警惕地看了周围一眼，同时又气急败坏地对着地上的男人狠狠地踹了几脚，并向几个同伙发出了警告后，便迅速地转身离开了。其他几个男子听到他的提醒，也随即丢下一些粗言重语，就拨开众人仓皇而去了。只剩下那些议论纷纷的"观众"还有那个躺在地上痛苦呻吟的男人。

被打的不是别人，正是我们的街坊邻居——靠给人算命维持生计的张半仙。张大叔以前并不是半仙，他根本就不会算命。去年下岗了以后在衣食无着、就业无门、万般无奈的情况下，做起了走街串巷的算命生意。今年春天才在人民桥头摆起了地摊。其实，像他这样在人民桥附近摆摊算命的人早就大有人在。但算命毕竟是一项宣传封建迷信的不法营生，所以他们做生意的时候固定的时候少，流窜的时候多。更何况如今迷信算命的人也越来越少了，很显然他们的日子也不好过。

因此，张大叔的到来就自然而然的遭到了其他同行的敌视与排斥。然而，他凭着自己那起死人而肉白骨的功夫，很快就赢得了半仙美誉，生意也越来越红火了。这种公开砸人饭碗的行为，自然遭到了其他算命先生的妒忌和愤恨。于是，便演出了开头的那一幕。

"这些人也太目无国法了，光天化日竟敢聚众打人，你怎么得罪他们了呢？"等那几个打人的小子走远了以后，一个好心人看见被人家打得鼻青脸肿，躺在地上呻吟不止的张半仙，便十分同情的上前把他搀扶了起来，并好奇地问。丢盔卸甲的张半仙，无奈且有气无力地说出了他被打的原因，同时还十分沮丧的反复絮叨着说："妈的，今天真倒霉！老子今天真倒霉。"

"对了，你既然能掐会算，那为什么就没有算出来今天自己倒霉——出来会挨揍呢？"

这句话一下就把张半仙噎住了，他支吾了半天才垂头丧气地说："唉！我忘算了。"话一出口立刻将周围的人们逗得哄然大笑。弄得他面红耳赤地急忙卷起地上的卦摊灰溜溜跑了……

◂ 补袜板

月光如水，万籁俱静。

我默默地躺在针线篓里，倾听主人夫妇窃窃私语。他们的恩爱缠绵，就连空中的月儿都不忍窥视，羞涩地躲进了云层。

啊！你负伤了？

当兵哪有不受伤的？

这么大个疤？咋不通知俺？

通知你啥用？干着急……

能不能住几日再走？

不能，俺是军人是党员，得服从命令！

这一走，又不知……

黑暗中传来主人的啜泣……

我是一只补袜板。

三年前的一个春日，我陪主人玉梅嫁到了这里。那年秋天，主人的丈夫高峰便应征入伍。高峰走后，主人就经常用我为一家老小缝制棉袜。于是，我便陪着主人度过了无数孤独寂寞的日夜。

别哭啊，俺知道你舍不得俺走，等打完了仗，俺就回。

你先睡，俺把那双袜子补完。

别补了，归队后俺自己补吧。再说你不是给俺做了几双新的吗。

瞎说，大老爷们哪有补袜子的？棉袜不耐穿，补上慢慢穿吧。

革命军人，啥不干？

别说了，快睡吧，我马上就得。主人说完，就用力挣脱了高峰的怀抱，点上灯，泪眼涟涟地拿起我，为高峰补起了袜子。于是，我便在主人闪闪的泪光中，度过了那个难忘的夜晚。

第二天早晨，高峰在整理行囊时，不经意间看到了我，就拿起我对主人说，

这个我带走吧，一是做个念想，二是闲着的时候，俺也可以学着给战友们补补袜子。

嗯，你喜欢就拿着吧，记住，早去早回啊……

于是，我便在主人的盈盈泪眼中被装进了行囊。

经过一番奔波辗转，几天后，我随着新主人来到了抗美援朝的前线。

于是，我们又在一起度过了许多枪林弹雨的岁月。

每当新主人想念旧主人时，他都会无限深情地把我拥在怀里，时而神色忧伤，时而笑意荡漾。

当然，他偶尔也会用我给自己和战友们补袜子。不过新主人很笨，补袜子时经常扎手。一扎手，他就用嘴使劲地吸溜着自己

的手指头，骂娘。于是，高排长补袜子、骂娘的事儿也成了队伍里的佳话。

突然有一天，我看见血肉模糊、昏迷不醒的新主人，被几个战士背回营房，但很快又被人用担架抬走了。

再见到新主人的时候，已经是两个月以后了。当他拄着双拐出现在我的面前时，望着他那两条在空中摇荡的空裤管，我一阵心酸，久久地不忍注视他的那张英俊而刚毅的脸。

重新回到新主人的身边后，他便带着我转移到了后方，住进了疗养院。

等我们回到主人的家里时，已经是五年以后的事了。

他们说你已经……我的儿啊，你可算回来了……可惜，玉梅她……

高峰的母亲见到他以后，便紧紧地搂着他那高大的身躯，语无伦次地呜咽着。

娘，咱不怪玉梅，是俺不想拖累她，才……

啊？是你故意让他们……傻孩子，娘以为你真的……唉！回来就好，回来就好啊，吓死我啦……

高峰的母亲一边痛惜地捶打着自己的儿子，一边悲喜交集地说。

那天夜里，高峰摘下他的假肢后，又从行囊中拿起我，久久地凝视着我，无比哀伤地说，对不起，见到你只能让我触景伤情，再说我现在已经用不着穿袜子了，就委屈你了。说完，他便恋恋不舍地把我放进一个箱子里。当主人合上箱盖的一刹那，我分明看见他深邃的明眸里，有泪光在闪。

于是，我便在这个旧主人陪嫁的箱子里，度过了无数个暗无天日的春秋。

等我重见天日时，已经是四十年以后的事情了。

高峰，你为啥骗我？要不是我随丈夫回乡祭祖，打听到了你的事，我就会被你蒙骗一辈子……你这样做也太残忍了吧……

那天，旧主人玉梅捧着我，久久地坐在高峰的遗像前，反复地絮叨着。此时，无情的岁月已经把她蹂躏得面目全非。要不是嗅到她身上那种特有的气息，我根本无法相信这就是我的旧主人。

旧主人说到这里，两行浊泪，顺着阡陌纵横的脸，扑簌簌地落下。

洇湿了她那双干枯的老手，也洇湿了我饱经沧桑的容颜。

◀ 明眸深情

这是一双清澈深邃，充满智慧的眼睛，它清如泉水，静若深潭。我常常在这双明眸的注视下，而感到无比的自豪和骄傲。可不知道为什么，最近我却在这双明眸里，读到了一种焦虑和不安。

这是我的学生尹飞鸿的眼睛，他是一个品学兼优的学生——他的学习成绩一直都是我这个班主任老师的骄傲。马上就要高考了，可他的成绩却在逐渐地下降，这让我怎么不为之惋惜呢。

尹飞鸿，你最近是怎么了？为什么上课总走神？成绩也一再下降？还有三个月就要高考了，你这样下去怎么行？我终于忍不住地把他叫到了办公室，很严肃说。

对不起，马老师，我最近身体不太好，您放心好了，我一定会把成绩赶上来的。他说这话时，眼睛里流露着坚毅和自信，这使忧心忡忡的我得到了些许的安慰。

但是，我的心却没有平静下来，因为我总觉得事情好像并不这么简单。

不久后，我的猜测果然得到印证。一天晚上，因为参加同学聚会，我在一家酒店里看见了尹飞鸿，看到他的时候，我在那双眼睛里读到的不仅是惶愧和不安；更多的是忧虑和无奈。

尹飞鸿，你怎么在这儿？你每天放学后都来这里打工吗？

是的。在我咄咄逼人的目光下，他的眼睛也开始四处躲闪。

你就这么需要钱吗？马上就要高考了，现在可是分秒必争的时刻，你竟然有时间……难怪你的成绩……唉！你也太让老师失望了。

对不起，马老师，我只能这样。

唉！你先去忙吧，回头我再找你谈。当着同学们的面，我也不好再说什么，只是深深地叹了口气。

第二天恰逢周日，学生放假，我决定去尹飞鸿家做一次家访。这是一栋很陈旧的住宅楼，一进楼道就给人一种阴暗潮湿的感觉。我站在门外连续按了好几次门铃，可门内却一点反应也没有，莫非家里没人。我正想离去，对过却出来了一个妇女，她见了我先是一惊。还没等她说话，我就问，你好，这是尹飞鸿家吗？我是他的老师，来做家访的。

哦，是，是尹飞鸿家，他们出去散步啦。飞鸿这孩子很孝顺，他妈妈从小就是盲人，他爸爸不久前，也因为糖尿病双目失明了。他每次放假回来都要领着爸妈出去散步，这孩子可真不容易啊……看，就在对过的休闲广场上，出了门……女人很热情，用手一指我来时的方向，微笑着说。听了她的话我心里一惊，我没想到尹飞鸿家里的情况竟然这么的糟糕，同时也为自己的疏忽大意而感到惭愧。

我谢过她便转身下楼，沿着来时的路走出小区，又穿过马路向休闲广场走去。

夏日的休闲广场上，绿树成荫，鲜花怒放。蜂舞蝶飞，人来人往。我沿着曲径回廊找了很久，才找到了尹飞鸿。只见他左手扯着一个中年妇女，右手领着一个中年男人，正沿着一个花坛慢慢地走着，嘴里似乎还说着什么。他们走得很慢，几乎是步履蹒跚。

飞鸿并没有看到我，他只是小心翼翼地牵着父母，沿着那个姹紫嫣红的大花坛向前走。他一边走，还一边耐心地向父母介绍着眼前的景物。爸，你看这月季花开得多艳啊，什么颜色的都有，还有您最喜欢的那种黄月季。哦，和咱家养的那盆一样吗？比咱家那盆花开得小。妈，您快闻闻这花香不？我觉得月季花是咱们这儿最香的花，尤其是这个时节……妈，您快看，那簇月季花的上面飞舞的蝴蝶最多……两位老人一直在笑，他们虽然看不见，却像看见了那样高兴。这一家三口人虽然只有一双眼睛，但他们每个人的脸上都挂着幸福的笑容。

妈、爸，先坐在这儿歇一会儿，我去去就来。这时我已经走到了他们的面前。飞鸿发现了我，忙把他的父母安排到树阴下的椅子上，然后转身向我走来。那一刻，我在他的那双深邃、澄澈的明眸里，读到了他对生活的挚爱、对父母的深情。

◀ 故乡明月

　　当汽车翻过山坡，驶进村子的时候，坐在车里的山杏便高兴地冲着家乡喊，杏花村我回来啦，你的山杏回来啦！

　　望着天边那轮皎洁的明月，山杏又突然想起了春妮，想起了她临死前说的那句话：山杏回家吧，月是故乡明，人是故乡亲，城里再好，也不是咱待的地方……想起春妮的话，山杏的泪便肆无忌惮地流在了家乡的土地上。

　　山杏和春妮是邻居，也是一起玩土坷垃长大的好友。高考落榜后又一起到深圳，在一家大酒店里打工。娇美秀丽的春妮，有个美好的愿望，就是挣上一笔钱治好母亲的病，然后和山杏一起回乡做个小生意。

　　一天，酒店里来了几个西装革履，大腹便便的客人。他们恰巧包了春妮和山杏负责的房间。其中一个头发梳得像牛犊子舔了，长得如座山雕似的男人，一进来就瞄上了春妮，那贪婪的目光像要把人吃了一样。他们胡吃海喝的时候，总说一些黄色笑话。边说边不停地用眼睛睃着站在一旁端茶倒酒的春妮和山杏。等他们喝得红头涨脸时候，那个男人便冲春妮一摆手，说，过来，给我倒酒。春妮怯怯地走了过去，刚要给他倒酒，却被他一把拽进了怀里。坐在我腿上倒吧，这样显得热情。吓得春妮急忙挣脱，可她刚要起身，却又被他紧紧地搂住了。别怕呀，我又不吃人，好好伺候伺候我，我不会亏待你的。他色迷迷地说完，便用那张喷着酒气的嘴，照着春妮的脸上就亲了一口。其他的男人也像看西洋景似的笑弯了腰。性子刚烈的春妮一时无法挣脱，羞愤至极，挥手就狠狠地扇了他一个嘴巴。春妮这个嘴巴，不仅扇肿了男人的脸，而且也扇没了那些淫亵起哄的笑声。大家愣了片刻便有人打圆场似的说，这丫头，也太不识抬举了吧，竟敢打我们刘总。男人万万也没想到，一个乡下丫头竟敢太岁头上动土。为了挽回颜面，他一挥手也捆了春妮一个耳光。同时大声地骂道，臭婊子，敢打老子，找死啊？！叫你们老板来，问问他是怎么调教的服务员？对，快去把你们老板叫来。另外几个男人也不依不饶地吼着。就在山杏不知所措的时候，不堪羞辱的春妮用手捂着脸，转身就哭着跑了出去。她刚冲出酒店，就被迎面呼啸而来的一辆汽车撞倒在地……

春妮——春妮——随后赶出来的山杏，看见倒在血泊里的春妮，顿时挥泪如雨。

等山杏把她送到医院，伤势过重，失血太多的春妮已经奄奄一息。她临死前握着山杏的手反复地说，山杏回家吧，回……

春妮死后，山杏本想立刻就辞职回家。可又一想，她回去怎么向春妮那个双目失明的妈妈交代呢。

春妮从小就失去了父亲，和妈妈相依为命艰苦度日。她妈几年前就得了老年青光眼，因为没钱治疗病情就愈来愈重，去年又彻底失明了。春妮就是为了挣钱给妈妈治病，才毅然地离开了家乡。出来后她每个月都会给妈妈写信寄钱。

为了不让春妮的妈妈知道她惨死的真相，山杏就决定留下来继续打工，并每个月按时给家里和春妮的妈妈写信寄钱。就这样她一干又是一年。

一个星期前她突然接到妹妹的信。信中说，春妮出事后我就按照你的嘱咐给她妈妈送信送钱读信。前些天她突然来咱家说，其实我早就预感到春妮已经出事了。就在你第一次给我读信的时候，我就觉得说话的口气不像春妮，可每次送信读信的人都是你，我无法求证。直到前不久我娘家侄来看我，我才把你刚送来的信和春妮以前的来信给他看了，问他是一个人写的吗？他一看就说不是。我的预感也得到了证实。在她的一再追问下，我不得不说出了事情的真相。她听了以后哭着说，快让你姐姐回来吧，在外面不容易啊，为我一个孤老太婆受苦受难的，不值得……

就这样，饱受漂泊之苦的山杏，接到信以后，就毅然决然地踏上了回家的列车。

等回到家里，山杏和家人们亲热了一番后，便迫不及待地问，妈，春妮她妈还好吗？一会儿我去看看她。

唉！你回来晚了，她一周前就自尽了。

啊，她自杀了啦？山杏吃惊地问。

山杏妈点点头又老泪纵横地说，春妮她妈真可怜，死了两天才被人发现……这是她临死前来咱家给我的，说要留给你做嫁妆。山杏妈说完就从枕头底下拿出了一个小布包。山杏打开一看，原来里面包着一对玉镯和一沓子的钱。那一刻，山杏又情不自禁地想起了春妮临死前说的话：山杏回家吧，月是故乡明，人是故乡亲……

◀ 税收往事

得知我被长春税校录取的消息，奶奶顿时就炸了。

她让二叔把她送上车，急忙赶到大姑家。一进门就质问我说，小宇啊！小宇，你上什么学校不好？干吗非得上税校？奶奶说这话时，原本苍白的脸因激动而涨得通红，就连皱纹都在颤抖。那时候，正在下雨，轰隆隆雷声裹挟着耀眼的闪电，伴着奶奶暴风骤雨般的指责，劈里啪啦地砸向我。弄得我一头雾水，这还是我第一次看到奶奶发火儿呢，吓得我不知如何是好。还没等我说话，她又指着大姑骂，你这死丫头，孩子不懂事你也不懂事啊？他报税校你咋也不阻止呢？你哥哥咋死的，难道你忘了吗？你，你想气死我啊！？……我那苦命的儿啊！奶奶说到这儿，把手中的雨伞和东西往地上一扔，一拍大腿便哭了起来。我惊慌失措地走了过去，扶着她说，奶奶，您别哭啊，有话慢慢说好吗？妈，您别急，有事好商量，先进屋再说。大姑见此情景，也走过来扶着奶奶劝慰着。可奶奶却使劲地甩开大姑的手，狠狠地剜了她一眼，又继续骂道，去你的，少在这里献殷勤，反正我就是不同意小宇上税校，你赶紧给我想办法！不然我就死给你看。我把奶奶扶进屋后，按到沙发上，便疑惑不解地问，奶奶，这已经是铁板钉钉的事了，您就别为难姑姑了，再说您为啥非得反对我上税校啊？您不知道，我能考上税校，多不容易啊！

奶奶坐在沙发上，叹了口气，伸出干枯的老手，抹了一把泪。便拉着我的手，说出了一个令我震惊的秘密。

二十年前，爸爸在我们县地税局当税务员。那时税收管理并不完善，税务员得上门收税。一天下午，爸爸去一家服装店收税，他去的时候老板恰巧不在，雇员说老板出去办事了。无奈爸爸就坐在店里等。正在这时，外面忽然阴云密布，雷声阵阵，转眼间就下起了瓢泼大雨。天愈来愈黑，雨愈下愈大。爸爸等了一个多小时，也不见老板回来。雇员见爸爸还不肯走，就下了逐客令，你快走吧，下这么大的雨，我们老板不会回来了。爸爸虽然有些不甘，但又担心回家的路不好走，只好离开了。

回家的路上，得经过一条大河。这条河很深，桥上只有一个独木桥。独木桥是用树木连接搭建的，虽然能走人，但并不结实。一下大雨，河水一涨，很容易被冲毁。如果那天爸爸不去那家服装店收税，是不会路过这儿的，所以爸爸并不了解情况。等他走到河边的时候。只见因下雨而迅速暴涨的河水汹涌澎湃、浊浪滔天，眼看就要淹没了小桥。于是，爸爸就急忙走上小桥，想趁小桥没被淹没之前赶紧过去。就在爸爸打着雨伞，摇摇晃晃地即将走到河对岸的时候，这条小桥却被一阵汹涌咆哮的激流冲毁了。

爸爸也和残桥断木一起被恶浪卷入浊流，眨眼睛就消失得无影无踪。

爸爸被河水冲走了三天后，才被人们从下游发现。等他被打捞上来的时候，尸体已经肿胀发白。那时妈妈生下我才满月不久。当她看到爸爸被打捞上来的尸体，立刻晕厥了过去。由于悲伤过度，等安葬了爸爸，妈妈便一病不起，不到半年也撒手离去。爸爸妈妈去世以后，叔叔婶婶因家里孩子多，不肯收养我。是大姑见我可怜，才把我抚养到今天。

得知爸妈的死因，我顿时泪流满面，与奶奶抱在一起，哭成了一团。大姑见状，忙过来劝道，行了行了，你们别哭了。妈，您说的那些已经是老皇历了。如今公民的纳税意识提高了，都能主动地到税务局交税了。即使小宇将来当了税务员，也不必像哥哥那样挨家挨户的收税了。真的吗？奶奶听着听着，渐渐地止住了哭声，望着大姑将信将疑地问。当然是真的，不信哪天我和小宇就带着你去地税局看看。大姑见奶奶的态度有所缓和，又继续说，对了，妈，前几天我路过哥哥丧生的那条大河，那儿已经修起了一条又长又宽的立交桥。如果没有国家的税收收入，哪儿有钱为咱们建桥铺路啊？如果当年就有那座大桥，我哥哥也不会……所以说，国家建设是离不开税收的，作为一名税务员也是光荣的。小宇的选择也是正确的……

那天，再大姑的反复开导下，奶奶最后还是妥协了。

开学以后，我也如愿以偿地踏进了税校的大门。

◀ 温馨提示

　　袁枚和吕娜在一个办公室办公。袁枚是会计，吕娜是出纳员。由于工作中产生过一些摩擦，所以她们虽然表面不错，而内心却仍有罅隙。已过而立之年的袁枚是一个性格沉稳，喜欢清静的人。而二十多岁的少妇吕娜却是个大大咧咧、不拘小节的人。平时两个人在办公室的时候，袁枚就喜欢静静地看报喝茶，而吕娜则喜欢吃各种各样的零食，尤其是那些包装精美小食品和膨化食品。她吃零食的时候声音很大、速度也很快，每天拎来的一大袋零食，不消半个小时的功夫就能吃完。用风卷残云、大快朵颐这些词汇来形容她吃零食的样子一点也不夸张。有时吃完了上班时带来的零食后，她还会意犹未尽的趁领导不注意的时候，再偷偷地溜出去买。

　　刚开始，她每次吃零食的时候，都会请袁枚和她分享。可袁枚总是以不喜欢吃零食或者怕胖为借口婉言谢绝。你既然不吃，我就不客气了。每次被袁枚拒绝后，吕娜都会毫不客气地说完这句话后，就津津有味地独享。时间长了，她也不再谦让，只是自顾自地吃，仿佛办公室里根本就没有袁枚的存在似的。而且她的零食吃得越来越凶，各种各样的小食品她都百吃不厌，恨不得把世上所有的零食都尝个遍。然而，她吃零食时而发出的那种吧唧、吧唧的咀嚼声，和零食被牙齿粉碎时而发出的沙沙声，却时常把袁枚搅得心神不宁、坐立不安。她觉得吕娜吃零食的样子和声音像老鼠也像兔子。不仅如此，吕娜在吃零食的同时还有大口大口喝水的习惯。更令人无法忍受的是，她喝水时发出的声音和，吃零食时发出的声音同样的可怕。

慢慢的，袁枚就愈来愈讨厌她吃零食了——她认为吕娜吃零食的时候所发出来的声音，就是天下最可怕的噪音了。她终日被这种噪音困扰着，简直到了精神崩溃的地步。有时她真想找领导要求给自己换一个办公室办公，可是她心里很清楚，她们办事处根本就没有这个条件，说了也是白说。

于是，她便佯装好意地提醒她说，吃零食有碍健康，容易发胖，你就不怕发胖吗？我才不怕呢，都快半老徐娘了胖点就胖点呗。吕娜说这话时一副满不在乎的神情，大有一种将零食进行到底的架势。与此同时，她还在心里自鸣得意地想，你不是不吃零食，是你买不起零食，哼！吃不到葡萄说葡萄酸，假正经！

用什么法子才能让她不再吃零食了呢？袁枚绞尽脑汁也想不出一个好办法。最后，无计可施的袁枚回到家以后，就请老公高斌给想想办法。高斌明白她的意图后，便胸有成竹地说，这事好办，你先把吕娜的电话号给我，等明天上班以后，她再吃零食的时候，你就给我发个短信，我保证让她以后再也不敢吃零食了。你真的有办法吗？快告诉我，你打算怎么治她？见老公如此自信，袁枚就急忙追问。暂时保密，等我制服了她再告诉你。没想到，高斌竟故意卖关子，不肯告诉她。无奈袁枚只好依计行事。

第二天上班以后，等吕娜吃零食的时候，她就悄悄地给高斌发了一个短信。不一会儿，就听见吕娜的手机短信铃声响了。吕娜拿起手机看完了短信，又看了一眼面前的那些零食，立刻露出一副紧张不安的样子。随即她就把没吃的和只吃了一半的小食品袋收拾了收拾，一股脑地扔进了垃圾桶。然后，又对着水龙头，反复地洗了几遍手，才坐回办公桌前，惴惴不安地喝起了开水。

看见吕娜果真不敢吃零食了，袁枚的心里一阵窃喜，回到家里以后，她就好奇地问高斌，快告诉我，你到底给她发了什么短信？高斌自鸣得意地说，接到你的短信后，我就用同事的手机给她发了一个短信，短信的内容是这样的，温馨提示：据国际卫生组织调查，现有三大致癌物质隐藏在各种垃圾食品之中，尤其是各种膨化类的小食品。请大家禁止零食，小心防范，确保健康。袁枚听后，哈哈大笑，用手一戳丈夫的脑门娇嗔地说，就你的鬼点子多。但她现在虽然不吃零食了，又开始喝起咖啡、红茶、和奶茶了。她喝东西时所发出的声音更可怕，你再给我想法治治她好吗？高斌无奈，只好点头应允。

为了给爱人彻底地清除干扰，几天以后，高斌又以同样的方式给吕娜发了一条短信。短息的内容是这样的，温馨提示：优雅高贵的女士，喝东西的时候是不发出声音的，希望您做一位优雅高贵的女士。

从那以后，吕娜果然不吃零食了，喝东西也不发出声音了。

◀ 爱的短信

最近，谢强非常郁闷，因为他突然和女朋友失去了联系。他与女朋友林媚儿都是天津市的，他们是在上高中的时候相恋的。高考那年，谢强考入了昆明消防指挥学校，而林媚儿却高考落榜。眼看男朋友像鸿鹄一样展翅高飞了，林媚儿也不甘落后，就只身来到北京，通过努力，被一家广告公司聘用，当上了广告业务员。从那以后，这对心心相印的恋人，也只能在电话或网上联系。

谢强刚到昆明军校的时候，由于水土不服和气候不适应就经常生病。尽管，林媚儿每次打电话的时候，都会询问他的学习生活情况，但为了不让林媚儿担心，谢强也只是报喜不报忧。林媚儿信以为真，便把自己的工作生活，也锦上添花地描绘了一番。于是，这对恋人便在彼此那种善意的欺骗中，相互慰藉着，深深地思恋着。

时间，就在这他俩刻骨铭心的相思中如水般地流逝着。

两个月以前的一次通话时，正在感冒发烧的谢强，竟突然忍不住地咳嗽了起来。

林媚儿听了，忙心痛地问，强，你咋咳嗽得这么厉害呀？你是不是病了？

见林媚儿如此的关心自己，谢强忙轻描淡写地说，没事，一点小感冒而已，过两天就好了。还小感冒呢，你看你咳嗽得多厉害呀，别蒙我了，快告诉我你咳嗽多久了？林媚儿穷追不舍。不骗你，真只是一点小感冒而已，实话跟你说吧，自从我到了军校就经常感冒，因为这里的日差大，前半夜热得盖不住被子，一到后半夜就会被冻醒了，你说这能不感冒吗？

好啊，那我每次打电话问你的身体情况，你咋总说挺好的呢？原来是骗我的啊？

嘿嘿，我不是怕你为我担心吗？再说感冒也死不了人，你也不必大惊小怪的。

那可不行，总感冒会影响学习的，这样吧，以后我每到后半夜都给你发个短信，提醒你盖被子。即能防止你感冒，又不影响别人。

千万别，这会影响你休息的。谢强忙阻止道。

没事，我每天后半夜都得起夜，习惯了，你抓紧时间治病，记得晚上把手机放在枕边别关手机啊……

虽然是长途，林媚儿还是反反复复地嘱咐了半天，才不得不恋恋不舍地挂了电话。

那天夜里，快一点的时候，谢强果然接到了林媚儿的短信，短信的内容是这样的：亲爱的，醒醒，盖好被子再睡。

接到这条短信的时候，浑身裸露，睡得正酣的谢强，确实已经冻得冰凉了。于是，便随手拽起身边的被子盖在身上，随即便在一股爱的暖流中，进入了甜美的梦乡。那以后，每天夜里谢强都能接到林媚儿的短信，这条短信虽然是重复发送的，但却总是在同一时间传来。就像一种爱的絮语；也像一首午夜的恋曲。这让远在他乡的谢强，得到了莫大的安慰，也使这对恋人的心更加的贴近了。

　　然而，就在一周前，林媚儿的短信却突然中止了。

　　第一天没有接到林媚儿短信的时候，谢强想，或许是林媚儿今天太累了，睡过去了。第二天没有接到林媚儿短信的时候，谢强就不免担忧了起来——莫非是媚儿出了什么事？他不敢再想下去了。

　　第三天早晨，没有接到林媚儿短信的谢强，便再也按捺不住了——辗转反侧一宿不曾入睡的他，一大早便跑出了寝室，拨通了林媚儿的手机，可她的电话却无法接通。

　　整整一天，谢强不知道给林媚儿打了多少次电话，可她的电话始终无法接通，把谢强急得像热锅上的蚂蚁。无奈，他就给林媚儿的家里打了电话，可她家的电话也没人接听。由于没有林媚儿父母的手机号码，谢强也只能痛苦中煎熬着。

　　几天以后，他终于接到了林媚儿父亲的电话，他在电话里泣不成声地说，谢强啊，你可要挺住呀，林媚儿得了胃癌，已经在北京去世了，我和她妈妈才从北京回来。天啊？谢强闻听噩耗，眼前一黑，险些没有晕倒，他极力地控制住自己的情绪，凄哀欲绝地说，不，不可能，媚儿的身体一直很好，怎么会？

　　唉！你不知道，自从她去了北京以后，每天上下班都得坐两个多小时的地铁。单位的附近又租不到合适的房。为了赶车，她根本来不及吃饭，地铁上又太挤，也不能吃东西。没办法，她只能到办公室后一边办公，一边吃零食充饥。时间久了，她就养成了吃零食的习惯。慢慢的零食已经取代了她的正餐。渐渐地她就经常觉得胃痛，并且愈来愈痛，每天后半夜都会疼醒。两周前的一个晚上，她竟疼昏了过去，被人合租的房友发现送到医院后，一检查，已经是胃癌晚期了……听到这儿，谢强猛然想起每天午夜的那条爱的短信，泪水便愈加的滂沱了。

第四辑

爱在灾难中永恒

◀ 不敢面对你

观察、谋划，谋划、观察。

那晚，当李四经过反复的观察和谋划，终于鼓足勇气，潜入那座住宅后，他却彻底的失望了。因为在手电筒光束的扫射下，眼前呈现的竟是一个洁净简陋的家。这是县委书记的家吗？那一刻，他简直不敢相信自己的眼睛，也怀疑自己走错了门。

李四是个地痞无赖，文革期间，他吃喝嫖赌、打砸抢，无恶不作，还丧心病狂地迫害一些革命老干部。文革结束后，他也被判了十年有期徒刑。

因此，他怀恨在心，暗暗发誓：出狱后一定要报仇雪恨。

这不，他一出来，就开始付诸行动了。

他之所以决定这会儿下手，是因为他知道，张书记夫妇今晚去看电影了。

天赐良机，等张书记夫妇一走，他就迫不及待地潜入这个家。

可他万万没想到，堂堂县委书记的家，竟如此的贫困。这会儿，他望着这个淳朴简洁的家，竟然兴味索然。常言道：贼不走空——为此他还是决定四处翻翻。

就在这时，他的肚子却"咕噜噜"地打起了内战。是的，他饿了。为了这次行动，他竟忘了吃饭。肚子一响，他就下意识地向厨房走去。心想，到了县委书记的家，也不至于连顿好饭也吃不上吧？于是，他走进厨房，借着手电筒的光亮，迅速地打量了一下里面的陈设。然后，直奔橱柜。他在橱柜里寻摸了半天，才翻出了一盘野菜团子和一碗咸菜。天啊！县委书记就吃这个呀。他真想不明白，张书记夫妇和女儿都有工作，而且工资也不低，日子怎么过得这么窘迫呢？看见那些毫无胃口的吃食，他正想拂袖而去，可他那不争气的肚子，却又"咕噜噜"地叫了起来。无奈，他只好抓起一个野菜团子，狠狠地咬了一口——仿佛要把所有的懊恼都吞下去似的。这一咬不要紧，他却发现那野菜团子竟很好吃——长这么大，他还从没吃过这么香的野菜团子呢。于是，他便一口咸菜一口菜团子地吃了起来。他边吃边想，能把粗茶淡饭做得这么好吃的女人，一定很不简单。

不一会儿，那盘野菜团子就被他狼吞虎咽地一扫而光。

他拍拍肚子，伸伸懒腰，抹抹嘴巴，打着饱嗝。心想，既然来了，还是去屋子翻翻吧，他家再穷也不至于一无所获吧。李四想着，就拿起手电筒，向屋里走去。可他还没走出厨房，就听到开大门的声音。他大吃一惊，忙关了手电。迅速地倒退几步，把身子隐藏在橱柜的后面。

随着大门的打开，也传来张书记的咳嗽声，和老伴的抱怨声，我说让你买点药吃，你就是不买，这可倒好，那么好的电影，都被你咳的看不下去了。

咳咳咳……那药太贵，这个月我把工资给五保户孙大娘了，她又病了……咳咳咳……

你光想着别人，就不想想自己。你这病真不能再拖了，这可是咳血呀！你想想，一个人能有多少血……张书记的爱人说道这儿，竟然有些呜咽了。

你别大惊小怪的，医生说了，这种病慢慢调养，注意休息，会好的……

唉！真不知道你这个县委书记是怎么当的，穷得连看病拿药的钱都没有了……

就是县委书记才不能光想着自己呢。哎，老伴，都几点了，小雅咋还没回来？

她今天上夜班。我说老头子啊，你就不能给小雅调换个轻松点的工作呀？她一个姑娘家，总上夜班，走夜路，你就不怕她出点啥事儿？

你这不是让我以权谋私吗？年轻人就应该锻炼锻炼……咳咳咳……张书记说到这儿，又剧烈地咳嗽了起来。

蹲在厨房里的李四，听到这儿，就再也听不下去了，于是，他轻轻地推开厨房的窗户，翻窗跳了出去，脚底抹油——遛了。

从张书记家出来，李四就骑着自行车，大街小巷地逛了起来。他逛的目的，就是想伺机作案。因为他再不弄点钱，明天就得挨饿了。

夜已经很深了，李四逛了一个多小时，才发现了作案目标——目标是个年轻的女孩，她挎着包，骑着自行车，趁着夜色，正在急急地赶路。李四一阵窃喜，便加快了车速，迅速地追了上去。女孩很机警，她很快就发现身后有人跟踪。于是，她就加快了车速，飞快地向前赶路。女孩拐弯抹角地穿过两条街后，竟来到张书记家住的那条路。

李四也没多想，便加快车速，想尽快追上女孩。等他们一前一后地刚到张书记家附近，李四就觉得自己的车子猛然下沉，身子一偏，"噗通"一下便重重地跌进了万丈深渊。随着一阵剧烈的疼痛，他很快就失去了知觉。

不知过了多久，李四才在这对父女的谈话中，渐渐地醒了。爸，这么坏，您怎么还救他啊？您忘了文革的时候，他是怎么迫害你的啦？若不是他在劳动改造的时候，用鞭子逼着爸爸，一口气扛十口大缸，伤了力，您能烙下了咯血的毛病吗？今天如果不是他掉进了马葫芦，我也……

别说了，好人坏人都是人呀，咱也不能见死不救啊……

听到这儿，李四顿时恍然大悟。可是他不敢睁开眼睛——因为他根本没有脸去面对这对父女。正在他不知道如何是好的时候，就听张书记说，小雅，你先在这里照顾一下，我回去借点钱，给他交一下住院费。

张书记的女儿，听了爸爸的话，沉吟了半晌，才回答，好吧，那您快去快回啊，他昏迷这么长时间还不醒，我有点怕。

那一刻，李四屏住呼吸，紧紧地闭着双眼，竟然泪流满面……

市长他"二姨"

　　临江市棚户区改造，遇到了钉子户。最牛的钉子户是褚美娇。褚美娇今年四十五岁，和老伴都是内退工人。其实美娇并不美，一张黑黄、灰暗的大饼子脸上，散落着密密麻麻的雀斑，让人总觉得她好像没洗干净脸。由于太胖，两只眼睛几乎眯成了一条线。但眼小精神大，不管是在单位还是在家里，看事一向很准，很少有吃亏的时候。

　　这次棚户区改造，她家也在搬迁户之列。这可是天上掉馅饼的好机会，国家的便宜不占白不占。褚美娇就暗中盘算，这回非得大捞一笔不可。按说她那几间年久失修的破房，和房前房后一百来平方米的地方，拆迁办要给还原成一套八十多平方的楼房，就已经够照顾她的了。可她还是不满意，非要求拆迁办给她三十万元钱不可。不管拆迁办的同志怎么给她做工作，就是说服不了她。还说，如果拆迁办不答应她的要求，她就死给他们看。为了达到目的，她还想了许多对付拆迁办的主意。

等到拆迁期限到了的最后一天，拆迁办主任吴建国就下令：对于那些条件苛刻，违抗搬迁政策的钉子户实施强制拆迁的政策。

　　当拆迁办的挖掘机，轰轰隆隆地开到褚美娇家房前时。褚美娇就披着衣服，拧着屁股，一晃膀从院里闪了出来。她往家门口一站，叉着腰，就敞开破锣嗓子嚷开了——我先把丑话说在前头，你们今天不答应我的条件，我就死活不搬。你们谁敢动我的房子，我就立刻给他点颜色看看。别看我这形象不咋的，我可是夏市长她二姨，我女婿也是咱们省有名律师。敢动我的房子，你们是不是都不想要饭碗啦？

　　你别说，她这一诈唬，还真把拆迁办的同志给唬住了。几个人你看我，我瞧瞧你，一时间竟然拿不定主意。褚美娇一看她这招儿果然奏效，便更加得意了。于是，她又一梗脖子，仰着张大饼子脸，继续说道，夏永贵市长的手机号就在我的手机里存着呢，他可是我一手带大的，最听我的话啦。谁敢动我的房子，我立刻就给他打电话，不信你们就试试！他的手机号是……说着又扬了扬手中的手机，背出一个手机号码。

　　拆迁办的同志们一看这架势，都信以为真，谁也不敢轻举妄动。于是，负责拆迁工作的唐少强就拨通了拆迁办主任的电话，把这里的情况向他汇报了一下，想征求一下他的意见。

　　拆迁办主任吴建国和夏市长是老战友。他听了汇报便说，我知道了，等我打电话核实一下，再给你们通知。

　　挂断了电话，吴建国就立刻给夏市长打电话，想问问他到底有没有这么一个二姨。

可不知道为什么他打了好几次，夏市长的电话却怎么也打不通。急得他手心直冒汗，时间一分一秒地过去了，负责拆迁的同志还等他的命令呢。他在心里反复衡量该怎样处理这件事。权衡利弊，最后他终于做出决定，不管她到底是不是夏市长的二姨，还是做一个顺水人情算了。这样以后在老战友面前也好有个交代。于是，他便给唐少强打电话，下达了命令：告诉他答应褚美娇提出的条件，并责令她火速搬迁，不要影响拆迁计划的开展。

由于工作忙事情多，吴建国很快就把这件事给淡忘了。事后不久，吴建国和夏市长在一次战友聚会上见了面。为了卖个人情，吴建国就很自然地提起了这件事，最后他又讨好似的说，你二姨怎么样，她最近还好吧？

夏市长听了他的话，十分惊讶地说，啊？什么二姨，我哪有二姨，我妈是个独生女，真是乱弹琴！

◀ 爱，听不到回声

去去去，打死你们这些没用的东西，人家养鸡能下蛋、抱窝，可我养的鸡只能吃食、拉屎。一大早，跛子娘就叉着腰，站在当院指桑骂槐地嚷开了。

村里人都知道跛子是一个媳妇迷，他爱媳妇，疼媳妇，也喜欢痴痴迷迷地看媳妇。跛子的大名叫张永胜，因为脚有点跛，走起路来一跛一跛的，像鸭子，所以人们都喊他张跛子。别看他长得丑，却有一手很好的木工手艺，十里八村的人们都喜欢找他做家具。

转眼间秀珠和跛子结婚已经两年了，自从过了门以后她很少说话，经常凝望着娘家的方向发呆，肚子也像泄了气的皮球总是瘪瘪的，这让跛子娘好不着急。

秀珠听了婆婆和跛子的对话也不言声，很麻利收拾完院子里的刨花，拍了拍身上的灰尘便扭身回房了。跛子怕秀珠心里不是滋味，就急忙丢下刨子，一跛一跛地跟了进去，只留下跛子娘站在当院，看着他们的背影，嘴一张一合的直运气。

跛子进了屋仍然不错眼珠地盯着秀珠说，生气了？别听娘胡咧咧……哦，对了，早晨我去果园摘了几个梨，你快洗个尝尝甜不？

跛子，你为啥对我这么好？我不能给你生娃你干吗还对我这么好？秀珠极力地躲闪着他的目光，低着头说。

俺知道你不是不能生娃，也知道你在偷偷地吃药哩，你是不想给俺生，只是你心里还想着他，对不？

既然你知道了，为啥还对我这么好，咱们还是离婚吧，跛子，我是不会为你生娃哩。

不，只要天天都能看到你，不生娃俺也愿意。再说等他结婚了，你就会忘记他了，我听二柱说他已经订婚了。二柱媳妇的娘家就是你们村的，你们的事都是他告诉我的，你每次回家都和他见面，对不？

秀珠没说话，只是望着窗外娘家的方向发呆。

沉默了半晌，秀珠才幽幽地说，跛子，等你做完了这套家具，再送我回一趟家好吗？

好！跛子立刻点了点头，眼睛一刻也没有离开秀珠那忧郁的脸。

初秋的阳光静静地照耀着山冈，张永胜和方秀珠默默地走在山间的小路上。跛子一拐一拐地紧跟在秀珠的身后，眼睛始终痴痴迷迷地盯着她那婀娜身姿不放。就在这时，秀珠不经意地扯了一下身边的树枝，忽然间就听到几只马蜂嗡嗡地叫着向她飞来。

别动！秀珠，我来了。说时迟那时快，只见跛子飞快地跑上前来，把自己刚才搭在手上的衣服迅速地蒙在了秀珠的头上，然后就张牙舞爪地扑打起那些正要袭击秀珠的马蜂。

秀珠颤然一惊，本能地伫立在那里。就听一阵嗡嗡嗡的蜂鸣声从耳畔呼啸而过，转眼间就随着跛子的脚步声远去了……等她回过神来，撩开头上的衣服，就见跛子已经倒在前面不远的地方，口吐白沫，浑身抽搐地蜷缩成了一团。

跛子——跛子，你这是怎么了？

秀珠惊恐万状地扑了过去，大声地呼喊着跛子的名字。

秀珠哭喊了半天，跛子才艰难地睁开眼睛说，秀珠，我，我不行了，等来生你一定要给我生娃哩。

不，等我回来就想给你生娃哩——跛子——跛子——

树林里静悄悄的，只有秀珠那痛心疾首的号啕声，在久久地回荡……

◀ 一棵树的梦想

    和许许多多寂寞孤独的夜晚一样，我独自伫立在风中，默默地数着星星，望着月亮——咀嚼着孤独，享受着寂寞。这样的生活我早已经习以为常，尽管这种被人遗忘的孤独感常常使我痛彻心扉般的难过。

    我是人民银行办公楼最上面的一层会议室，我大得能容纳下一千多人。由于这家银行仅有二百多名员工，还有许多中小型会议室，而且它们大多数的时间都和我一样被束之高阁，所以我也只能在这种遗忘中独自难过。

    也许是为了美化城市，也许是为了显示一下银行系统的经济实力，自从我两年前被他们以最好的建筑质量，以最快的建筑速度，竖立在这个最佳的建筑地点了以后，我除了浪费了国家的支援和能源，就从来没有被利用过，我几乎成了一道孤独美丽的风景——一个徒有其表的摆设。

    这栋办公大楼是这座城市里最高的建筑物，而我又是这个最高建筑物上的最高建筑。

许许多多阳光明媚的早晨，我就这样默默地俯瞰着这座城市在波涛汹涌的人海里沸腾着，喧嚣着——人们都在赶着自己的日子，追求自己的梦想。

许许多多灯火辉煌的夜晚，我就这样静静地倾听着自己心跳的声音，像水一样流过自己的血脉，穿过熙熙攘攘的红尘，消失在遥远的天边——它也在期盼着自己的日子，期待着自己的梦想。我想，也许在这个城市里只有我才能拥有，这种"前不见古人，后不见来者，念天地之悠悠，独怆然而泣下"凄凉孤寂的感受。

然而，事实并非如此，今天晚上就在我独自享受着这种意味隽永的寂寞时，却听见一种幽幽的悲泣声。这哭声在这个深沉静谧的夜晚里，显得格外的凄绝哀婉，使我不禁有些毛骨悚然。我借着皎洁的月光循声望去，就见在我脚下那片空旷的操场上，有一棵矮小而瘦弱的丁香树，正在轻声地呜咽。

我蓦然想起，原来这棵树是这栋楼房竣工以后，从乡下运到城里的。为了美化楼区，他们当时种了许多花草树木。可这些丁香树第二年就纷纷死去了，只有这棵树才顽强地存活到现在。这一刻，我才豁然发现，原来这棵弱小的丁香树在这个苍茫的夜色中，竟然和我一样的孤独寂寞。

大半夜的你哭什么？哭！还让不让人家睡觉了？

我正想开口安慰它几句，就听在它身旁的一棵小草说话了。

我的同伴都死去了，我好孤独，好寂寞。

那是你们太娇贵，你看我们无论到哪儿都能生活。

是啊，也许我们根本就不适应这城市的生活……唉！

树儿深深地叹息着，又继续说，乡下的树上都有鸟儿在上面筑巢，为什么这城市里连鸟儿都见不到？如果有一个鸟儿陪伴着我那该多好。

我怎么知道？快睡吧，我说不定哪天就被人家斩草除根了呢，哪有闲心和你一起想鸟。

小草说完就伸了伸懒腰，又酣然入梦。

只剩下孤寂的丁香树在月光下独自想着心思。

从此这棵孤独的树就引起了我的注意。我看到它时常仰望着天空，在幻想着能有一个鸟儿从远方飞来，它固执地认为应该有一只鸟儿在它的上面筑巢，就像乡下的树儿们那样。因为每个鸟儿都应该有自己的树，每个树儿也应该有自己的鸟儿。这是树的梦想！也是鸟儿的希望！

树就怀着这个梦想坚强地盼望了起来。我竟然也在它的这种坚强的盼望中，不再感到那么寂寞了。

渐渐地，丁香树长高了，也和我一样学会了孤独并享受着孤独，只为了那远方的鸟儿。

长高了的树儿虽然依然感到寂寞孤独，但它却不再哭泣。它不是不会哭泣，它只是和我一样学会了在心里哭泣。这是一种心灵孤独的哭泣———一种许多人都无法感知的哭泣。

树儿依然艰涩地等待着属于自己的鸟儿，尽管它深知一棵树的梦想在城市里是很难实现的。

是的，一个繁华喧嚣的城市怎么会在乎一棵树的喜怒哀乐呢！

一棵树算不算孤独，那么，一层楼，一个人呢？

尽管树仍然会坚强地等下去，因为坚强是树永远的生长方式。

◀ 等不来的电话

忙了一下午，总算有了点空闲，我正想喝口水，就听见一阵剧烈的咳嗽声。我顺声望去，只见一位形容枯槁的女人缓慢地移到了收款台前。女人不到六十的样子，但因过于消瘦，而显得格外苍老。

大娘，您请坐，您交费吗？见是位老人，我忙热情地招呼着。也许是不能遏制咳嗽，她无法回答，只能看着我用力的点点头。

大娘坐在座位上，眼里闪过一丝泪光——显然是咳出来的。我忙倒了杯热水放在她的面前。大娘，您别急，先喝杯热水压压咳吧。大娘边咳边伸出干枯的老手，颤巍巍地端起水杯，喝了水以后，果然不咳了。她感激地望着我说，谢，谢姑娘，我交费——刘春喜，我从电脑中调出了他的电话单：刘春喜，欠费五元。哦，那就，就交二十吧。大娘说着就伸手在口袋里摩挲起来，摸了半天才摸出一个塑料袋。她用颤抖的双手打开塑料袋，拿出一卷零钱，从里面抽出两张十元钱放在柜台上。做完这些，她又不停地咳了起来。

见她咳得很痛苦，我不禁同情地问道，大娘您身体不好，为啥不让别人来交费？

老伴上个月去世了，我不交谁来交呢？

您没有儿女吗？

有……有一个女儿，在日本留学，今年毕业后就嫁给了小日本——咳咳咳——她爸爸，就是被这事气死的。你说我那丫头混不混呀，明明知道她奶奶是被小日本糟蹋后用刺刀给挑死的，可她还是不顾我们的反对，嫁给了那个挨千刀的——咳咳咳——这不，把他爸气死了，他们连葬礼都没回来参加。唉，你说，这不是造孽吗？大娘说到这儿，已经老泪纵横了。

大娘您别哭啊！您身体不好，我可以上门收费的。大娘的咳嗽声、喘息声和呜咽声汇集在一起，震颤了她坐的转椅，也震痛了我的心。

不……不用，你工作忙，就不麻烦你了，我也没事，就当出来锻炼身体解解闷了。其实我很少打电话，主要是为了接女儿的电话。可她却很少来电话，怕错过了她的电话，有时我上厕所都抱着电话。实在想她了，我就给她打。老头子在时，要给我买个手机，可俺心疼钱，没同意。

这样也好，您的身体是该加强锻炼了。

唉！锻炼不锻炼的也不打紧，老伴走了，姑娘也不回来，我一个人孤零零地活着，还不如死了呢——咳咳咳——

大娘说着又剧烈地咳了起来，她边咳边用衣袖抹了下眼睛，站起来，背过脸，呜呜咽咽地说，谢谢你了，好姑娘，我走了，你，你忙吧——咳咳咳——

我还想安慰她几句，她却已经头也不回地走了，望着她颤巍巍的背影，我不禁倍感凄楚。

以后每个月的月初，大娘都会按时来交费。她依旧面容憔悴、形如枯槁、咳喘不止。

然而，这个月交费期已经过了半个多月，却还是听不到她的咳声；催交电话打了无数次也没人接听。我不禁有些焦急，便决定去她家看看。我按照客户协议单上的地址找到了她家。

她家住在五楼，时值盛夏，我满头大汗地爬上楼，一股难闻的怪味扑鼻而来，我没有多想就敲响了她家的门。敲了半天，里面竟一点反映也没有。这时，对门走出一个中年妇女。她盯着我，好奇地问，你找刘大娘吗？我点点头。她接着说，我也好久没见到她了，估计是走亲戚了吧。听了她的话，我只好转身下楼。回来的路上，我越想越不对劲。因为我记得大娘曾经说过，除了女儿，她已经没有亲人了。我急忙拨通了 110 的电话。

半个小时后，我接到了 110 的电话。电话里那个办案民警说，接到你的电话我们立刻赶到她家，撬开了她房门。发现她抱着电话躺在门前，早就死了，尸体也腐烂了……我木然地握着手机，想象着大娘的惨死，不禁潸然泪下。

◀ 流泪的健身器

喂，他刘婶，这么早，你急急忙忙地上哪去啊？

张奶奶啊，您还不知道吧？老王死了，我准备过去看看呢。

怎么死的？前两天我还看见他在这儿清理花坛了呢。

听说是胃癌晚期，他来儿子家之前就得了这病，他见儿子、儿媳妇都不待见他，也没言声，就自己撑着，这不就……

哦，太可惜了，那老爷子可是个大好人呀！

据说他死在回迁房那儿，是被拆迁的工人发现的。看来他是想家了。

唉！故土难离啊！更何况他在儿子家过得又不舒心。走，咱们一起去吊唁吧……

听到王大爷去世的消息，我非常难过，也不敢相信这是真的，因为我似乎感到自己的身体上仍然残留着他的体温。

我是丽苑小区里的健身器，名叫双位坐蹬训练器。我的舒适轻便深得健身的居民们的青睐，所以我在这里落户不到两年，就已经面目全非了——不仅螺丝松动，而且表皮脱落、锈迹斑斑。

就在我面对即将被淘汰的下场而惶惶不安的时候，王大爷来到了我们小区。王大爷是一个细心勤快的人。他每天清晨，不是为我们这些破损的健身器上油、紧螺丝、补油漆，就是清理小区的草坪和花坛里的垃圾。不但如此，他还对故意损伤我们的孩子进行劝阻和教育。自从他来了以后，我和我的同伴不但不再继续破损，而且换颜一新。

渐渐地我发现了一个秘密。

王大爷在干活的时候，偶尔会紧皱眉头，捂着胃部——一副十分痛苦的样子。我心里明白，王大爷是生病了。另外他在劳作之余还喜欢坐在我的身上小憩。这时，他就会情不自禁地掏出手机，久久地凝视着手机上的一张照片发呆。有一次他竟自言自语地说，老伴呀，你在那面过得还好吗？你咋就忍心丢下我一个人走了呢？如今咱们村正在拆迁，我只好搬到儿子家暂住。他们一家人都忙，每天都顾不上和我说一句话。就连我病得这么重都没发现。唉！现在我才明白什么叫孤独和痛苦了。说到这儿，王大爷那双原本混浊空洞的双眼，也愈发的空洞混浊了。

一天早晨，就在王大爷蹲在我身边的草坪里拾垃圾的时候，有辆汽车从小区里缓缓地驶了出来。当汽车路过我这儿的时候，只见一个十一二岁的小女孩，趴着车窗，指着正在干活的王大爷大声地说，爸爸、爸爸你快看，爷爷又拾垃圾了，多丢人呀，我们班同学都笑话我了……

就是，你爸这不是吃饱撑的吗？小区里有物业，他还狗拿耗子……还没等女孩把话说完，坐在女孩身边的女人也抢着说。

她们声音虽然很大，但正在埋头干活她王大爷也没听见。

汽车刚驶出小区，王大爷的手机便响了。把正在聚精会神清理草坪的王大爷吓了一跳，他忙站起身来，拍了拍手上的泥土，接通了电话。

只听王大爷说，你说啥？丢人，我闲着没事为小区修修健身器，捡捡垃圾，顺便活动活动筋骨，我丢什么人了？你小子哪是嫌我丢人啊，分明是嫌我碍眼呀。你放心，等新房盖好了，我立马搬走，再也不给你们丢人了……王大爷说到这儿，已经气得浑身发抖。

那以后，王大爷依旧坚持每天清晨为小区清理垃圾、维护健身器，而且从不间断。

三天前的早晨，王大爷给我上油的时候，突然捂着肚子，紧皱着眉头，脸色骤变。他本想继续干活，却疼得连抬手的力气都没有了。无奈他只好慢慢地坐在我的身上，抹了一把额头上的冷汗，艰难地掏出手机，望着上面的照片，苦笑着说，老伴啊，这回可好喽，用不了多久我就过去找你了，我就再也不会这么孤单寂寞了。其实，自从你走了以后，自从离开了咱村的老宅，我就再没有找到家的感觉。唉！你说一个人连家的感觉都找不到了，活着还有什么意思啊？还不如早点死了呢……王大爷絮絮叨叨地说到这儿，原本就空洞无助的眼睛，也愈发的空洞无助了。

那天起，王大爷那忙忙碌碌的身影，就再也没有出现在我的视野里。就在我十分想念他的时候，没想到竟听到了他去世的噩耗。

就在我为王大爷的死而伤心欲绝的时候，天上竟淅淅沥沥地下起了小雨，这绵绵的小雨亦如我的眼泪和心泪。

◀ 那个有雾的早晨

　　月儿与国栋结婚那天，是个浓雾弥漫的秋晨。那缭绕浓密的晨雾，仿佛锁住了整个红尘，朦胧了眼前所有的景致。能见度太低，为了安全，国栋只好辞退了事先预定的十几辆婚车，开着桑塔纳自己去接新娘。

　　月儿和国栋是在师范大学认识的，两个人一见倾心，经过初恋、热恋，毕业之后，便顺理成章地携手走进婚姻殿堂。

　　月儿家住乡下，与国栋所住的城市，虽然只有百公里之遥，可迎亲的婚车却在混沌弥漫的晨雾中，慢吞吞地行驶了两个多小时才到了月儿家。打扮得娇艳迷人的月儿，急得也不顾亲朋好友的笑话，拖着长长的婚纱到门前张望了好几遍，电话也打了好几次，才把迎亲的汽车盼来了。

　　婚车到了门前，刚刚停下，国栋就跳了下来。他一下来就冲着围在门前，前来参加婚礼的人们一抱拳说，乡亲们啊，对不住了，今天雾太大，为了大家的安全，我把事情预定好的婚车都辞了，改日吧，改日我一定再设婚宴款待大家……

你做的对啊，好饭不怕晚吗，今个这天儿的确不宜出车……就是吗，安全第一吗……大伙儿虽然也很失望，但也能理解国栋的做法，便纷纷地与国栋客套着。

月儿隔着窗户，见只有来了一辆婚车，娘家人一个也去不了，心里未免有些不快，但情况特殊，她也只能悉听尊便了。

等国栋在鞭炮声和乡亲们的祝福声中，把月儿抱上了婚车，开车返城的途中，却发现外面的雾霭愈加的混沌浓重了。能见度也愈来愈低——任凭你瞪痛双眼也看不清路况，这让初学驾驶的国栋，不免有些紧张。他本想停下车，等雾消散、淡薄了些再走。可他们那个地方有一个习俗，就是结婚那天把新娘子越早迎进家门越好——这叫抢福。为了图个吉利，也为了让家中等候的亲友早些安心，他只好硬着头皮慢慢地向前行驶着。

慢点，慢点开……小心点呀，前面好像有个车——新娘月儿，望着那氤氲浓雾，心里也非常紧张。她一边瞪着如水的秀眸，紧地盯着前方，一边轻声地叮嘱国栋。

当他们的汽车，翻过一道山坳，来到一个急转弯时，忽然发现迎面驶来一辆大卡车，国栋忙刹车躲闪，可那辆车却好像没有看见他们似的，依旧全速驶来，与他们的车撞个正着。

伴着一阵强烈的震动和贯彻骨髓的疼痛，月儿眼前一黑，便失去了知觉。不知过了多久，月儿才从昏迷中醒了过来。她醒了后发现自己已经被甩出汽车，躺在了马路上。他们的汽车头部被撞得粉碎倒在了路边，那辆大卡车也被撞得车门大开，惨不忍睹。

卡车的司机也一动不动地躺在附近的马路上。

国栋，国栋——月儿立刻就意识到事态的严重，强忍着周身的剧痛，拼命地向他们的汽车爬去。等她爬到车前才发现，国栋被汽车轧在下面，躺在一片猩红的血泊中。

国栋——见此情景，她情不自禁地发出一声撕心裂肺的惨叫，眼前一黑，险些又晕厥过去。就在这时，她突然发现卡车司机，从地上挣扎着爬了起来，往他们这儿望了一下，就踉踉跄跄地向他的汽车走去。

不好，他想逃跑。聪明的月儿立刻明白了他的企图。于是，就大喊一声，不顾一切地向他扑去——

站住！不许跑——

那个司机似乎伤得很重，跑得也很艰难。他刚靠近汽车，就被月儿拽住了胳膊。

站住！不许跑，把国栋还给我——月儿边说，边抓住他的衣袖，死劲地拖住他不放。正值金秋时节，男人只畅怀穿着一件夹克衫，里面是半截袖。见月儿抓着他的衣袖不放，就急急地挣脱了衣服，钻进了汽车，然后便发动汽车，绝尘而去。把月儿甩出老远，又瘫在了马路上。然而，就在他挣掉衣服那一刹那，透过那迷蒙的晨雾，月儿分明地看见，司机的胳膊上刺着一条腾飞的青龙。这个刺青刺得活灵活现，栩栩如生，令人触目惊心、过目难忘。

国栋死了，肇事司机逃逸。婚礼成了丧礼。国栋的家人把失去亲人的怨恨都撒到了月儿身上——骂月儿是扫把星，是白虎星……村里人也都认定月儿是个不祥之人。月儿无奈，只好带着满身的伤痛离开了家乡，来到附近一个城市独自闯荡。

为了生存，她进了一家美发店当起了学徒工。勤劳好学的月儿，很快就赢得了老板的喜爱。

一天，月儿在给一名男顾客洗发时。为了方便，男人很随意地脱掉了上衣。那一瞬间，月儿猛然发现男人的胳膊上，竟然也刺着一条腾飞的青龙。蓦地，月儿的记忆一下子就飞回了那个有雾的早晨。愣了半天，泪眼模糊的月儿才找个借口躲在一旁，用颤抖的手拨通了 110 的电话……

◀ 爱在灾难中永恒

　　她不知道自己昏睡了多久，朦胧中就感到很冷。翻了翻身没有翻动，却觉得浑身都疼。她企图睁开眼睛，却被沙土眯得很疼。她下意识地揉了揉双眼，才发现自己尘土满面，是躺在冰冷的地上，四周一片黑暗。我这是在哪呢？她努力地收寻着记忆……

　　对，她想起来了，今天是她六岁的生日。睡醒午觉，妈妈就带她来到了超市，想给她买生日蛋糕和好吃的……记得当时她走在前面，妈妈推着购物车跟在后面，等着她往车里装爱吃的零食，就在她挑得正起劲的时候。却感到地动山摇，头晕目眩，还没有来得及弄清楚是怎么回事，眼前一黑就跌入了万丈深渊——

　　她静静地躺在那里，任凭黑暗笼罩着她，废墟拥抱着她，恐怖亲吻着她……妈妈！她下意识打了一个冷战，情不自禁地发出一声歇斯底里的呼唤。这声音撞击着黑暗在她的耳畔回旋，可却听不到妈妈的回应。于是，她便被那种铺天盖地的恐怖感又一次地推进了深渊。

支离破碎的她陷入了一种泪雨飞溅的恐惧中，一声接着一声地呼喊着妈妈，并在废墟中使劲地挣扎着自己的身体，在身边不停地摸索着——拼命地寻找着。因为她知道妈妈一定就在附近。她在地上摸到了许多的食品，还摸到了刚才妈妈推着的购物车，对了，还有很黏稠的液体，沾了她一身一手，并散发着一股浓烈的血腥味……难道是妈妈的？她愈发的恐怖了，并再一次地从心底迸发出一声伤心欲绝的呼唤。

丹丹……丹丹……别怕，我在这哪……她终于听到了妈妈低沉而微弱的答话，好像就在离她不远的上方。她一阵惊喜，真想立刻就爬到她的身边，可她的腿却被一些重物死死地压着，一动就会感到一种撕心裂肺的痛。

妈妈，妈妈，我好怕，你来抱抱我好吗？

丹丹，别怕，这是地震了，很快就会有人来救我们的。

妈妈，我不要地震，地震好吓人……妈妈你能过来吗？我被压着腿，动不了，好疼。

丹丹乖，别乱动，要保持体力等着别人来救我们……对了，你如果饿了，就吃那些好吃的吧，小馋猫现在超市里的好吃的你可以随便吃了，这回你高兴吧？

我再也不要好吃的了，因为要好吃的就会地震，地震太可怕了……对了，妈妈这里怎么就咱俩啊，我好怕？她说着依然彻心彻肺地哭着。

你忘了，咱来的时候超市里的人就很少嘛……乖，丹儿不哭，也别怕，还有妈妈哪……说不定一会就有人来救我们了。

妈妈柔声地说，似乎在竭尽全力地安慰她。

她听了妈妈的话，就真的不说也不哭了，只在黑暗中静静地聆听着妈妈的喘息声。

妈妈，妈妈！你睡着了吗？

可过了不久，她就听不到了妈妈的声音了，恐怖感再次向她涌来，她又情不自禁地大声地叫起了妈妈。

没，没有……丹丹，我在听，听外面的声音……丹丹这样不行，听妈妈的，先吃点东西然后再大声地喊，救命——这样外面的人才能尽快地发现我们。

经妈妈这一提醒，她真的感到有些饥肠辘辘了，于是，就伸手摸来了一袋食品，打开，食不知味地吃了起来。

妈妈，你不饿吗？你也吃吧，你身边有吃的吗？

妈妈不饿，你吃吧……丹丹，今天是你的生日，可是，我们现在出不去了，妈妈就在这里给你过好吗？

好啊，妈妈，你说怎么过吧？

记着丹丹，妈妈永远都爱着你，妈妈祝丹丹生日快乐，永远生活在一个爱的世界里……丹丹，你也许个愿吧……

嗯，妈妈，我已经许完了。

你许了什么愿，能和妈妈说一下吗？

我的愿望就是和你一起早点离开这里，早点见到爸爸……妈妈，你说爸爸不会有事吧？我好想他。

你放心吧，爸爸正在外地出差，不会有事的。妈妈有气无力地安慰着她，同时还发出一种低沉而又痛苦的呻吟。

妈妈，我吃饱了，我可喊了……救命啊——快来人哪——

为了快点摆脱这黑暗的世界，为了能够早点见到爸爸，她躺在冰冷的地上，拼命地冲着外面不断地喊……

她吃完了喊，喊完了睡，睡完了吃……这期间偶尔也能得到妈妈的提醒和鼓励……

就在她即将绝望的时候，却听到了外面传来了许多的声音，这些声音很嘈杂——有说话的声音，还有搬动东西的声音……

妈妈，妈妈，你听到了吗？有人来救我们啦。她异常惊喜地提醒着妈妈，然而却听不到妈妈的回答。

不知道过了多久，她终于看见了蓝天。当她被人从废墟中抱起来时，禁不住回头看了一眼妈妈，却见她血肉模糊地趴在那个购物车上，身上还压着一个大大的货架……原来她是在用自己的身体，为她支撑了一片生还的天空——把对她的爱永恒留在了废墟之中！

望着一动也不动的妈妈，她禁不住又爆发出一声声嘶力竭的呼唤，泪雨滂沱、肝肠寸断……

◀ 我的心里只有你

　　梅婷看见雨烟那一瞬间，心便莫名地动了一下，又动了一下。那种恍然如梦、似曾相识的感觉，牵动了她所有的柔情和思念。就仿佛前世今生，在他们之间已经拥有过千百次的回眸，这使她原本平静的心儿掀起了巨大的波澜。

　　她情不自禁地尾随着她来到了怡情酒吧。酒吧里一曲曼妙柔美的轻音乐，正如水般静静地流淌着。雨烟进来后很自然地环顾了一下四周，就见一个高大帅气的男子，坐在一个僻静的角落里正在向她点头招手。她便迈着轻柔的脚步，逶迤地飘到了他的对面，款款地坐了下来，同时抛给了对方一个芬芳的笑脸。

　　莫名地，梅婷在捕捉到这一笑靥的一瞬间，心便不由得地痛了一下，又痛了一下。她有意地找了一个能够看到他们，又不会被他们注意的位置坐了下来。正想要点什么，却见雨烟又站了起来，向那名男子说了句什么，然后拿起包走了。梅婷的眼睛一眨也不眨地目送着她离开了以后，却觉得那种痛依然萦绕在心头。

她又把视线移向了男子，见他正在和服务生说话，便莲步款款地飘了过去，并风情万种地向男子抛了一个媚眼，然后很随意地坐在雨烟刚才的座位位上说，："

一个人吗？"

"不，有朋友在，去洗手间了。"

"我可以陪你坐一会儿吗？"梅婷柔声细语地说着，莹洁秀美的脸上漾着意味深长的笑意。

"当然可以，有你这么漂亮的女孩陪我，我非常荣幸。"

"是吗？我有你女友漂亮吗？"

"当然，简直是天壤之别。"男子毫不犹豫地说着，同时紧紧地盯着梅婷的俏脸。

"先生真会说话，你们认识很久了吗？"梅婷羞涩地躲避着对方那如痴如醉的目光，很不自然地问。

"不，刚刚认识，这是第一次约会。"

"这位先生我好像以前在什么地方见过。"

"哦，是吗？"

"你不觉得我们就像是老相识了吗？"男子一时无语，似乎在努力地收寻记忆。

"我，我们……"

"难道你真的想不起来了吗？唉！太伤自尊了。"

"别着急，让我好好想想，我这人有点健忘。"

"算了，别想了，我该走了，让你的女友看见我会误会的。"梅婷看了看早已被她弄得痴痴迷迷的男子，起身离去。

"等等，你先别走……"

男子一时情急，忙起身一把抓住了梅婷的手。没想到他们这一亲热的举动，正好被走回来的雨烟尽收眼底。与此同时二人也发现雨烟，男子忙松开了梅婷的手正想解释，可雨烟二话没说，转身就离开了酒吧。

梅婷忙尴尬地说，"对不起，是我打扰了你们，你还不快去追？"

"不必了，有你陪我不是更好吗？"

男子说着，又一把握住梅婷纤细柔软的小手，贪婪地在她的脸上肆虐着。

"对不起，我还有事，该走了，再见！"

梅婷用力挣脱了他的大手，撇下他，转身就走。

她迅速地离开了酒吧，又加快了脚步，追上了正要上车的雨烟。

"请等等，我们可以好好谈谈吗？"

"我们，我们有什么好谈的？"

"对不起，刚才是我打扰了你们，我认错人了，你误会了。"

"没关系，我应该感谢你，是你让我认清了一个人。"

"这么帅气的男孩，难道你对他一点感觉也没有吗，就一点也不觉得可惜吗？"

"没有，我的爱早已经死了，我想，在这个世上我已经不会对任何人再有感觉了。"

"这么说你以前有过男朋友？"

"有过，半年前出车祸死了。"

"你们非常相爱对吗？"

"对，可惜，我再也享受不到那种被爱和爱着的幸福了。"

雨烟说到这里，清秀苍白的脸上滑下了大颗大颗的泪滴。看着凄哀欲绝的雨烟，梅婷的心便禁不住揪了一下，又揪了一下。

"对不起，是我让你难过了。我们可以做个朋友吗？我很喜欢你这种淳朴善良，感情专一的女孩。"

"当然可以，我也很喜欢你呢，喏，这是我的名片，想我的时候就打电话约我一起玩吧。"

就这样，她们俩不但互相留下了联系方式，而且很快就成为了无话不谈的闺中密友。

一天上午，正在工作的雨烟忽然接到了梅婷从医院打来的电话。

电话里她有气无力地说，"我病了，快不行了。好想你，你来看看我好吗？"

"好，好，好！你怎么突然就病了？等我，我马上就去！"

雨烟挂了电话，立刻就奔赴医院。

"阿姨，梅姐这是怎么了，她得了什么病？前几天我们见面的时候她还好好的哪？"

望着病床上气息奄奄的梅婷，雨烟焦急地询问梅婷的母亲。

"唉！这孩子从小就患有先天性心脏病，半年前接受了一次心脏移植，现在她移植的心脏已经出现功能性衰退，并伴有严重的排异反应。"

"啊！心脏移植！？那她供体心脏的主人叫什么名字？"

"好像是一个名叫苏鹏飞死于车祸的男子。"

天哪！鹏飞，原来你的心就在梅姐的身体里，难怪我总是想着你！

雨烟听到这里，便情不自禁地呼喊着自己昔日恋人的名字，不顾一切地扑在了梅婷的身上，一下就昏厥了过去。气若游丝的梅婷看见昏死过去的雨烟，一颗衰弱无力的心便猛地跳动了一下，又跳动了一下。心想，难怪我那么喜欢你，因为我的心里只有你！

◀ 刀片划过的声音

天一黑，冯涛就接到了安娜的电话，约他到老地方见面，商量有关订婚、结婚的事宜。冯涛不敢怠慢，刻意地打扮了一番，就匆匆地走出家门。

他开着车刚驶出小区，就被一个女人拦住了去路。女人一闪而现，像幽灵一般，令冯涛感到毛骨悚然。借着车灯冯涛仔细一看，竟是自己的前妻。妈的，这个女人真难缠，不知道还有完没完？

冯涛无奈只好下了车。

你怎么不接我的电话呢？

我不是跟你说了吗？咱俩的事都两清了，你咋还纠缠不休呢？

我咋纠缠你啦？我不就是想让你分担一下儿子的抚养费吗？

这不可能，当初白纸黑字写好了的，孩子跟谁，谁承担孩子的抚养费。儿子不跟我，我也没办法。

不跟你，他为什么不愿意跟你，你心里最清楚。

我……

不跟你就对了，跟你也学不出好。

少跟我无理取闹，离婚协议上写的明白，财产各分一半，以后你休想在我这儿再拿走一分钱！

一半？那是一半吗？你少跟我要心眼，你贪污受贿的事别以为我不知道，你分给我的那点财产，只是你财产的九牛一毛，你也太黑了吧？小心我到法院告你！

告我？证据呢，证据呢？法律讲究的是证据……行了，行了，我还有事，没工夫在这里跟你磨牙。

姓冯的，你等着，我跟你没完……

冯涛说完就推开了前妻，跳上汽车，便绝尘而去，任凭前妻的呐喊，在耳畔烟消云散。

可他刚走出不远，就被一辆汽车盯上了。这个汽车紧紧尾随在他的车后，他快它也快，他慢它也慢。借着大街上的各种灯光，冯涛从倒车镜里已经看清，坐在汽车里的那个女的，就是他以前的秘书加情人米雪。冯涛心头一揪，不由得皱紧了眉头，心想，怎么是她？这个女人又想干什么？

他想，这会儿要是直接去赴安娜的约会，她说不定会去捣乱，还是尽快甩掉她吧。于是，他就加大油门，向市郊区驶去。可是他绕了半天，却怎么也无法甩掉那辆车。无奈他只好拨通了米雪的电话，喂，干吗总跟着我？你想干什么？

哟——你不是不接我的电话吗？不干什么，想给你点颜色看看……

冯涛，刚想再说什么，只见那辆汽车已经超过他的汽车，绕了一个弯，拦住了他的去路。米雪推开车门下来以后，随后又跳下来三个男人，男人各个膀大腰圆，虎视眈眈。冯涛一看不好，想调车逃跑，却来不及了。为首的那个男人，已经蹿了过来，拦住了他的车头。有种的就下来吧，哥们陪你玩玩……男人手里拎着一个大铁棍，黑塔一般地仁立在车前，阴阳怪气地说。把冯涛吓得赶紧给 110 打电话。

不许报警！否则老子砸出你的稀屎！

"咣"的一声，男人抡起铁棍，照着冯涛的汽车，就狠狠砸了下来，同时还发出震耳欲聋的呐喊。冯涛无奈，只好战战兢兢地打开车门，慢腾腾地蹭了出来。

啧啧，冯老板今天打扮得这么整齐，又去会哪个相好的啊？来人啊，给我打，打死这个喜新厌旧、风流成性的东西……随着米雪的一声令下，冯涛一棍子就被打趴在地上，紧接着又是一阵拳打脚踢。直把冯涛打得蒙头转向、屁滚尿流。

米，米雪，饶，饶了我吧，我，我再也不敢了，再……

饶了你，没那么容易，你花言巧语骗了我，没想到姓安的一来你就把我甩了，给我那么几个钱就想把我打发了？没门，今天你不再给我二十万，就别想离开这里，打，给我往死地打，打死了我去抵命……

别，别打了……给给，我马上就给……喏，这是二十五万，密码是我的生日，这回可以了吧？

冯涛说着，急忙咬着牙从地上爬了起来，然后从兜里掏出了

三百六十五个妈妈

一张银行卡，哆哆嗦嗦地递了过去。

好，这还差不多，放开他，咱们走！

米雪看了看手里的银行卡，一挥手便带着那几个男的扬长而去，只留下被打得遍体鳞伤、惊魂动魄的冯涛，呆呆地伫立在那里。

站住，往哪儿走？你利用权势，威逼诱惑霸占了我的女朋友安娜，今天我非杀了你不可。等他好不容易平静下来，拍了拍身上的灰尘刚想离开，却又被一个男人拦住了去路。男人手持一把雪亮的匕首，瞪着一双充满血丝的眼睛。那双眼睛愈瞪愈大愈瞪愈大，像铜铃那么大，几乎要喷出血来。冯涛仿佛已经闻到了一股血腥，吓得他浑身颤抖，连连倒退。可那个男人却一个箭步冲了过来，一把揪住他的衣领。照着他的前胸，刷地就是一刀。

啊——随着刀片划过的声音，冯涛猛然从梦中惊醒，出了一身的冷汗……

◀ 爱你爱的好疲惫

我哥恋爱了，确切地说是单恋。每每看到哥哥痴痴迷迷地写情书的样子，我就会为他的痴情而感动。他的情书，写得特勤1特长，我真没想到憨厚愚钝的哥哥，却有一份浪漫的情怀。

有几次我好奇地问，哥，未来的嫂子长得啥样，漂亮不？

刚开始，他不好意思说，只是醉眼迷离地笑，像做梦。

问急了，他才自豪地说，当然漂亮，她呀，她长得像林黛玉一样。特有女人味，让人一看便顿生怜惜之情。尤其是她那双忧忧郁郁的眼睛，那种淡淡的忧悒，渺渺的清愁，总是叫人莫名的心动。说来也巧，她也姓林，叫林玉锦。

啊？真有这事，不会是林黛玉转世吧？这可真是天上掉下了个林妹妹呀！我开玩笑地说。

那以后，每当看见哥哥痴痴迷迷地写情书，我就会故意地唱：天上掉下了个林妹妹……

功夫不负有心人，不久林玉锦终于被我哥，那一封封缠缠绵绵绵的情书而感动了。他们正式恋爱了，那段时间哥哥的眼神，变得更加得痴迷沉醉——像喝了酒，灌了蜜似的。好景不长，因为被情所扰，哥哥高考落榜，而林玉锦却考上了大学。于是，哥哥又陷入了一种诚惶诚恐的境地，生怕林玉锦嫌弃他，离开他。幸亏林玉锦还没有背信弃义，仍然和他保持着恋爱关系。我从没有见到过林玉锦，只是从哥哥的毕业照里，看到过那个柔弱娇美的女子。

为了不至于和林玉锦存在太大的差距，哥哥拼命地打工，死劲地挣钱，仅用两年的时间，就买了一辆汽车，当上了出租司机。等林玉锦大学毕业的时候，他已经有了不少的积蓄。林玉锦工作落实以后，哥哥就顺理成章地向她提出了结婚的要求。林玉锦虽然没有异议，可她的父母却不同意。说以自己女儿的条件，怎么也得找一个开汽车住洋房的。汽车哥哥算是勉强有了，可洋房还八字没一撇呢。怎么办？没房，人家父母不同意结婚，没办法哥哥还得拼命地挣钱。

就这样哥哥每天早出晚归，风雨无阻——什么长途短途，只要有活他就干。

有一天他在出车的途中，看见一片拆迁大楼的空地上，有些人正在那里撅着屁股拼命地挖土。出于好奇，他就停下车，走了过去，向一个挖得正起劲的中年男人问，你们在挖什么？

男人听了，忙直起腰，抹了一把汗说，在挖玉。什么？挖玉，这儿能挖着玉？你不是这附近的吧？这儿以前是一个玉石厂，这片楼拆迁后，这废墟里面还残留了不少的玉石呢，他们都挖到不少了，我听说后也来碰碰运气，嘿嘿……

哥哥再往里走了走，果然看见有人挖到一些零零碎碎的玉石，听说玉石挺值钱的，这可是一个发财的好机会。于是，哥哥第二天早晨，天没亮就开着汽车也跑到那里去挖玉。等天亮了以后再去跑出租，几天下来他还真的挖到了不少玉石。等玉石出手后又能换来不少的钱，哥哥心中暗喜，便挖得更加得起劲了。

人的精力是有限的，时间长了我哥就有些力不从心了。由于过于疲劳，他白天跑出租的时候，就经常打盹。就这样，那场让我心惊胆战的意外，便不可避免地发生了。

当我和父母跑到了医院，早晨出门时还风度翩翩的哥哥，已经血肉模糊了。可林玉锦知道哥哥出了车祸后，却连个面也没照。我知道无论我和妈妈怎么痛哭，也不能抚平哥哥内心的创伤和肉体的痛苦。

哥哥伤愈出院以后，却成了一个下肢瘫痪的残疾人。林玉锦也彻底地消失于他的生活视野里。我哥从此便开始了孤独而漫长的轮椅生涯。我常常悲痛地想，这就是他曾经做出牺牲代价的爱情吗？

轮椅中的哥哥，每天都听龙晓飞唱的那首流行歌曲《爱你爱的好疲惫》。听够了，他就自己唱，唱的时候，他的神情特别的凄楚哀伤，脾气也变得一天比一天的暴躁，经常见啥摔啥，还对我又吼又骂。作为妹妹的我也只能默默地忍受，因为我知道，这是他对那种悲抑情绪的宣泄，也只有我才能理解他内心的痛苦和孤寂。

为了调节他情绪，我就经常推着他到公园里去散心。徜徉在花红柳绿的公园里，哥哥那张苍白俊朗的脸也变得温和欣悦了许多。

那天我刚把他推到公园，他就说口渴让我去买矿泉水。等我买来矿泉水，就看见哥哥正瞪眼睛，死死地盯着前面看。他的眼睛越瞪越大——大得像铜铃一般，脖子上的喉结也上下乱窜，额头上的青筋蚯蚓般地躁动不安。我顺着他的目光，惊异地望去，只见一个靓丽、骨感女子，正挽着一个油头粉面，大腹便便的中年男人，亲亲热热地漫步在前面的那片斑驳的树影里。

滚——滚，你们都给我滚，哈哈哈——

等那对男女的背影消失在曲径通幽之处，哥哥就抡起一直紧握着的拳头，愤怒地打掉我递过去的矿泉水，歇斯底里地喊了起来……

我哥彻底疯了，疯得令人扼腕心碎！疯了的哥哥，每天仍旧不停高唱那首《爱你爱的好疲惫》……

◀ 卫生间里的母亲

　　躲在卫生间里的刘婶，听到外面由远而近的脚步声，顿时慌了手脚。怎么办？把门锁上吧，打不开门，他们岂能善罢甘休；跳窗户逃吧，这可是高层，等于死路一条；开门出去吧，又无法面对儿子。偌大的卫生间竟无处可藏，急得刘婶恨不得钻进马桶……

　　刘婶出身农村，家境贫寒。脸朝黄土背朝天的日子里，他们就盼着儿子刘强能有点出息。按说刘强也算争气，他是村里第一个考入县里重点高中的学生。接到录取通知书那天，夫妻俩是又喜又愁。喜的是，儿子终于让他们扬眉吐气了一把；愁的是，家里的穷得根本就供不起儿子。无奈，丈夫刘祺只好决定进城打工挣钱供儿子上学。

　　刘祺进城后，只要能挣钱什么活都干，尽管收入很不稳定，但也比在家种地强。然而，好景不长，就在刘强考上大学那年，刘祺在出门打工的路上因车祸丧生。刘祺死了，家里不但失去了顶梁柱，而且也失去经济来源。为了满足儿子的上学费用，刘婶只好来到儿子就学的城市，靠给人家做钟点工和保姆生活。

刘婶是去年春天到梁工家当保姆的。

梁工虽已年近七旬，但身体硬朗，率真热诚，离休前是一家工厂的技术工程师。因不愿给儿子一家增加负担，老伴去世后就一直独居。刘婶待人和善，手脚勤快，细心周到，把梁工的生活打理得井井有条。两个人相处得也十分融洽。毫无疑问，刘婶的到来，给梁工的孤单寂寞的晚年生活平添了许多情趣和生机。

昨晚睡觉时梁工对刘婶说，儿子梁忠刚才打电话来，说明天和媳妇来看他，还带着孙女梁丽和她的男朋友，让刘婶明天中午多做点好吃的。

为了让梁工一家好好聚聚，今天一大早刘婶就起来到早市采购。忙活了一上午，刘婶才做了一桌丰盛的饭菜。一切准备停当后，刘婶便松了口气，穿上衣服对梁工说，孩子们不待见我，你们吃吧，我出去避避。

梁工望着刘婶汗津津的额头，心疼地说，还为上次梁忠媳妇要辞退你的事生气啊？

刘婶说，没有，我没那么小心眼。不过我总是一个局外人，更何况今天是新姑爷上门。

他们不让我和你……无非是怕你贪图我的遗产，你放心，你是我请来的，他们谁也没有权辞退你，我也不会亏待你的。你实在不愿意见他们，就出去吃点吧，别忘了带钱。

嗯，知道了。他们快来了，我得赶紧走。刘婶凝视着梁工的眼睛深深地点了点头。然后，拿起包就走。然而，还没等她走到门口，门铃却响了。

听到门铃声，刘婶立刻停止了脚步，望着梁工紧张地说，不好了，他们到了，怎么办？

梁工说，别慌，我看你就到卧室里躲躲吧。

刘婶说，不行，万一新姑爷要参观你的房间咋办？我还是到卫生间里躲着吧。说完，她就慌不择路地躲进了卫生间。一进卫生间刘婶就后悔了，心想，家里就这么一个卫生间，万一他们要用卫生间咋办？……

正在她胡思乱想的时候，就听见梁工的儿子说，爸，我给您介绍介绍，这是梁丽的男朋友，他们是同班同学。刘强，快叫爷爷。

爷爷好，这是我给您买的补品，请您笑纳。

躲在卫生间里的刘婶，听到了刘强这个名字和儿子的声音，脑袋嗡的一下就大了。她万万也没有想到，梁丽的对象就是自己的儿子。难怪刘强的花销这么大，原来他在搞对象。丈夫和她为了供他读书不仅丢了性命，而且受尽了屈辱，没想到儿子却……这一发现使刘婶的心里像打翻了五味瓶似的不是滋味。

这时，只听梁工又说，饭早就做好了，咱们开饭吧。

这么丰盛？！太好了，今天我可得好好地搓一顿，你们都坐吧，我去洗洗手。梁丽开心地说。

卫生间的水龙头不太好使，你到厨房洗手吧。怕她撞到刘婶，梁工急忙阻止。

哦，是吗？那我去帮您修修吧。刘强十分殷勤地说。

算了，咱们先吃饭吧，回头我自己修吧。梁工再次阻拦。

吃饭不急，一会儿就好。刘强执意地答道。

梁丽有些怀疑地问，你会吗？

刘强很自信地说，多大点事呀？你就瞧好吧。

两个人边说边向卫生间走来。

就在刘婶不知所措的时候，门已经开了。首先出现的是梁丽。梁丽看见刘婶先是一愣，继而诧异地问，你怎么在这儿？

我，我在打扫卫生。刘婶语无伦次地解释着。

哦，刘强，这是爷爷家的保姆；这是我的男朋友。听了刘婶的话，梁丽信以为真地介绍着。

刘强早就听梁丽说，爷爷家有个陪床保姆，爷爷想和她结婚，可爸妈却坚决反对……没想到竟是——

母子俩四目相对，百感交集，惊愕无语。

◀ 三百六十五个妈妈

那天黄昏，傅伟明刚把顾客做好的坯子送进窑里，就见一个老大爷推门进来。老大爷六十多岁，身材魁梧，穿着朴素，一张阡陌纵横的脸上，写满岁月的沧桑。老大爷一进门，就满眼的惊奇，他先东张西望地把那些正在和泥、拉坯、雕刻、上色、打磨……玩得正起劲的人们看了一个遍，才大声地说，老板呢？谁是这儿的老板？

我是。老大爷您也想制陶吗？傅伟明见状，急忙迎上前去。不，不，要玩泥巴，俺就到河套去玩，谁花钱到这里玩……

那您是来……，傅伟明疑惑不解地问。我是来问你一件事的，刚才是不是从你这儿走了一个背着书包的小孩？

小孩？到我们陶吧来的小孩多了，您说的是哪一个啊？

就是坐在这里的那个，大眼睛、尖下巴的孩子。我刚才扒着窗户，看见他就在这里捏泥人。

哦，没错，刚才是有一个小孩在这儿捏泥人了，他刚走，你现在追他还来得及。傅伟明好心地提醒他。

不，我不想追他，我只是想来问问你，他经常到你们陶吧来吗？

嗯，我的陶吧刚开业不久，他已经来过三四次了吧。每次来他都给我十元钱，捏一个小时的泥人就走……对了，他还让我把那些泥人都给他存着，说等以后一起烧制呢。

作孽啊，原来这小子天天偷我的钱，是跑到这里玩泥巴，看我回去不揍他的！老大爷听了傅伟明的话，气得一跺脚，说。

啊，他偷你的钱——你是他……？

他是我孙子，他妈妈得白血病死了，他爸爸为了挣钱，给她妈妈还治病欠下的债，就让我照顾他。没想到这孩子平时看着挺老实的，竟然为了玩泥巴，做起小偷小摸的事情了。唉！这样下去，我将来可怎么向他的爸爸和死去的妈妈交代呀？！老大爷又痛心疾首地说。

老大爷您别急，他偷钱出来玩，是不对。不过孩子还小，不懂事，我们可以慢慢教育他。傅伟明见此情景，急忙开导着老人。

嗨！他这么贪玩不学好，我能不急吗？

好了，大爷，我保证，以后再也不让他来玩了。不过，还有一点我没有告诉你，你孙子确实有些艺术天赋。他捏的泥人，真得很生动、很逼真呢，不信我带您看看去。傅伟明说着便把老人拉倒了一个柜台前，然后用手一指说，喏，这些泥人都是他捏的。

老大爷顺着他的指引望去，就惊呆了。他看见陶吧的玻璃柜台里，陈列着许多泥人。这些泥人有刚做的，也有以前做的。尽管她们大小不一，穿着不同，情态各异，但却惟妙惟肖，活灵活现。啊，这不是他妈妈吗？原来他偷钱跑这儿是为了捏他妈啊！唉！这孩子是可怜，这么小就没了妈妈。老大爷说着说着，眼睛就已经湿润了。

哦，原来是这样啊，我说他每次捏泥人的时候，神情怎么都那么的专注呢，看来他真是想妈妈了。傅伟明听了忙接过话茬说。

真是个傻孩子哟，想妈妈了就想妈妈呗，可捏这些泥妈妈有什么用啊？老大爷边望着那些泥人，边不停地絮叨着。

大爷，你不明白，这可能就是他向妈妈表达思念的一种方式吧。这样吧，你回去先别说他，等他下次再来的时候，我问问他是怎么想的好吗？

好，那就劳你费心了，等过些日子我再来，听听他是怎么对你说的。

傅伟明送走了老人以后，望着柜台里的那些泥人，心情却感到格外的沉重。

等那个小男孩再来陶吧，捏泥人的时候，傅伟明便故意地称赞道，小朋友，你的泥人捏得真好，真漂亮，能告诉叔叔，你捏的是谁吗？

我捏的是妈妈。我妈妈当然漂亮啦，她是世界上最漂亮的妈妈。

男孩一边神情专注地捏着手里的泥人，一边无限深情地说。

哦，是吗？那你妈妈在哪上班，她今年多大岁数了？傅伟明又试探着问。

我妈妈她……她生病死了，我好想她啊……男孩一边哽咽着，一边用粘满泥巴的手抹了一下自己的脸。

对不起，叔叔不知道。你别哭，叔叔也来帮你捏好吗？

不，不用！我的妈妈，我自己捏，不许别人捏！男孩仰着一张花猫似的小脸，用手护着那些泥人和泥巴，大声地说。

好好好，叔叔不帮你捏了，那你能告诉我，你到底想捏多少个妈妈？

三百六十五个。等我捏够了三百六十五个，我就让叔叔烧制了，然后我好带回家去。以后我每天上学的时候，都带着一个泥妈妈，睡觉的时候也搂着……那样，我就和别的同学一样，天天都有妈妈了。男孩说这话的时候，眼里闪着异样的光芒。

◀ 后记：在文学的春天里绽放

　　自从第一本小小说集和第一部长篇小说出版以后，我始终被出书后的喜悦以及读者们的热情关注而包围着。是的，我高兴，我欣慰。因为出书毕竟是我梦寐以求的理想。几年来我一直为这个理想的实现而努力着、奋斗着。这其中所饱尝的苦辣酸甜、个中滋味只有我自己方能体会。其实，对名人大家而言，出书是一件轻而易举的事，也是一件无足轻重事。可出书对我来说，却是一件很神圣的事，也是一件很不容易的事。

　　我之所以说出书一件很圣神的事，是因为我认为出书立传是一件恩泽当代、惠及子孙——功德无量的大事。在我看来，我们的文学作品当它以书的形式流传在世上的时候，它就成了人类的精神食粮。这种精神食粮给世人做出的贡献是无法估量的。对作家而言，他们的每一部文学作品，都是人类精神盛宴上的一道美味佳肴——它不仅能令世人口齿生香、回味无穷，也能令世人刻骨铭心、受益终生。这也是文学作品的艺术魅力和历史价值；我之所以认为出书是一件很圣神的事，其主要原因就是因为我热爱文学，我崇敬文学。文学在我的心中就犹如一位美丽圣洁的女神，她是不可亵渎不容玷污的。当我沐浴着文学的春风，徜徉在文学的世界里时，我会觉得自己也变得美丽圣洁了。文学的美丽圣洁之处就是在于，她能使人类的思想和心灵变得更加地高尚和纯洁。

文学既是人学，她与人类是休戚与共的。她是滋润人类思想之花的阳光雨露，有"艺术之母"之称。我不知道，文学在人类的发展史上做出了多么巨大的贡献，但我却知道，人类的发展与文学是分不开的；我不敢说，假如世上没有了文学，这个世界将会是一个荒冢，但我却敢说，假如这个世上没有了文学，这个世界将会是一片荒漠。这也是我热爱文学的主要原因。

我热爱文学，我喜欢写作。文学让我感到富足；写作使我感到充实。因为写作不仅使我的人生变得无比的丰美富足，也让我拥有了才女的美誉。不错，作为女人，我力争做女人中的女人；作为才女，我力求做才女中的才女。如果说女人中的女人是美善的化身，那么才女中的才女便是诗意的化身。只有文学才能让我对美善与诗意情有独钟；只有文学才能使我集美善与诗意于一身；只有文学才能使我和美善与诗意融为一体。亦如破茧成蝶，尽管这期中需经历许多痛苦与磨难，但是为一个缤纷的梦幻，为了诗意的蝶变，即使付出毕生的努力我也心甘情愿。

为了两本文集的付梓，我虽然付出了千辛万苦，但我却无怨无悔。因为它的面世毕竟得到了许多朋友和读者的关注和青睐。我从未想到两本小小的文集竟能产生那么大的影响力。这种影响力对我而言，就是一种莫大的动力。因为不愿让出书这件事染上功利色彩和铜臭味儿，所以我不想卖书。因此文集出版了以后，我既没发书讯，也没有刻意宣传，只是在博客和空间里发了一个消息。于是，许多认识或不认识的朋友闻讯后，都纷纷向我表示祝贺，同时也接到了许多朋友索书和买书的纸条或留言。衡水文学界有几个德高望重的老前辈，得知我出书以后，就要为我写点东西宣传宣传，都被我婉言谢绝了。我不喜欢张扬，也不善于包装。因为我觉得真正的作家不是靠宣传和炒作诞生的，作家的作品才是最有力的宣传工具。有许多喜欢收藏的朋友得知我出书后，也辗转着与我取得联系，希望能得到一本我的赠书；有的朋友在得到我的书以后，被别人抢走了，又不得不再次张口管我要书；有个邻居在得到我的书以后，竟然爱不释手地一气读完，还及时地向我反应了读书时的真实感受：比如哪一篇把她读掉了泪，哪一篇把她读笑了，哪篇和哪篇有点重复等等；还有的朋友向我反应，说我的书深受孩子们的喜爱，他们还没来得及看，就被上学的孩子霸占了。

　　这些人中反应最强烈的还是我的母亲和我的两个外甥女。母亲得知我出书的消息以后，便一次又一次地叫弟弟在网上给我留言，让我给她寄书。由于那段日子我很忙，便没有及时给她寄书。于是，她便叫弟弟在 QQ 里一次又一次地催我。听弟弟说，母亲收到我寄去的书后，高兴得合不拢嘴，便立刻废寝忘食地读了起来。尤其是书的后记《母女梦》她反复地读了好几遍，喜欢的不得了——因为她道出了我们母女的心语心愿。

我的第一本小小说集出版了后，正好赶上夫君的两个外甥女放暑假来我家小住。她们一个上小学五年级，一个上初一。于是，我的这本文集和一些样书便赢得了她们青睐。她们争先恐后地在我的书柜里挑选了几本自己喜欢的书，放在自己的床头柜上，每晚睡觉之前都会要津津有味地读上一阵子。两个人还来经常在一起交流自己的阅读体会。临走的时候连衣服都忘记了带，却没忘记带走我的书。

　　有些外地的朋友虽然没有得到我的赠书，却在网上书店买到了，收到书以后就满怀欣喜地给我留言。于是，我在网上一查，才发现有许多网上书店都在卖我的书。我万万没想到我的一本拙作，竟能得到这么多媒体和朋友们的关注，这让我无比感动的同时，也感到无比的惭愧。因为毕竟我的拙作还存在着太多的缺点和不足，这怎能不令我觉得受之有愧和忐忑不安呢？我知道，朋友们的支持就是对我的鞭策和鼓励，它不仅鼓舞了我的创作热情，也坚定了我继续在文学的天空中展翅奋飞的决心。

　　为了感谢朋友们的关注与厚爱，我便着手了这本小小说文集的创作和整理。恰在这时又传来莫言荣获 2012 年诺贝尔文学奖的喜讯。莫言荣获诺贝尔文学奖，毫无疑问地证明了中国文学在世界民族文学之林有了自己的一席之地。莫言不仅圆了中国人的文学梦，也为我们迎来了一个文学的春天。文学的春天给广大文学爱好者带来了无限的生机，也极大地鼓舞了中国文人的创作热情，这其中也包括我。我相信，是小草我会在文学的春天里芬芳，是鲜花我会在文学的春天里绽放。用小说铺叙人间的悲欢离合，灵肉升沉；用文字抒写世上的爱恨情仇，市井百态。我要用我的文字与读者之间架起一道心灵的桥梁，我希望我的书籍能成为世人永恒的精神食粮。愿这本散文集的付梓能引起更大的反响。最后，让我再一次由衷地感谢那些曾经支持我，鼓励我和用心品读我书籍的朋友。谢谢你们，是你们赋予了我文采飞扬的动力！

2020 年 10 月 20 日于闭月轩

三百六十五个妈妈